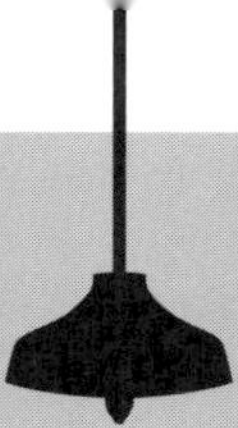

聖書で読み解く
『氷点』『続 氷点』

竹林一志　著

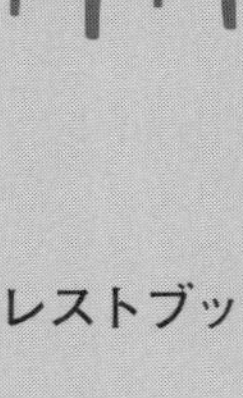

フォレストブックス

はしがき

三浦綾子さん（一九二二〜一九九九年）は、〈人間は、どのような存在か〉〈いかに生きるべきか〉〈真の幸福とは何か〉といった、人間にとって根源的な問題を、鋭く、そして温かい眼差しで問うた作家です。

今年（二〇一四年）は、三浦さんの作家デビュー五十周年になります。三浦さんは、一九六四年、朝日新聞社の一千万円懸賞小説に『氷点』が入選して作家としてのデビューを果たしましたので、今年は『氷点』誕生五十周年にもあたります。

半世紀前に大ブームを巻き起こした『氷点』は、過去のものとはなっていません。五十年の時を越えて、今なお光彩を放ち続けています。一昨年（二〇一二年）には、角川書店のイベント「みんなが選んだ 発見！ 角川文庫」で「必読名作第一位」に選ばれました。多くの人々が『氷点』を必読の名作として推したのです。

『氷点』の続編として書かれた『続 氷点』も、正編と並ぶ名作です。特に、『続 氷点』の最終章「燃える流氷」は圧巻です。この章には三浦文学のエッセンスが凝縮されています。

はしがき

　本書では、三浦さんの代表作『氷点』『続 氷点』を、三浦さんが思考や創作活動の基盤とした聖書の視点から読み解いていきます。三浦文学の魅力をご一緒に味わいながら、三浦さんが私たちに語りかけているメッセージに耳を傾けましょう。

目次

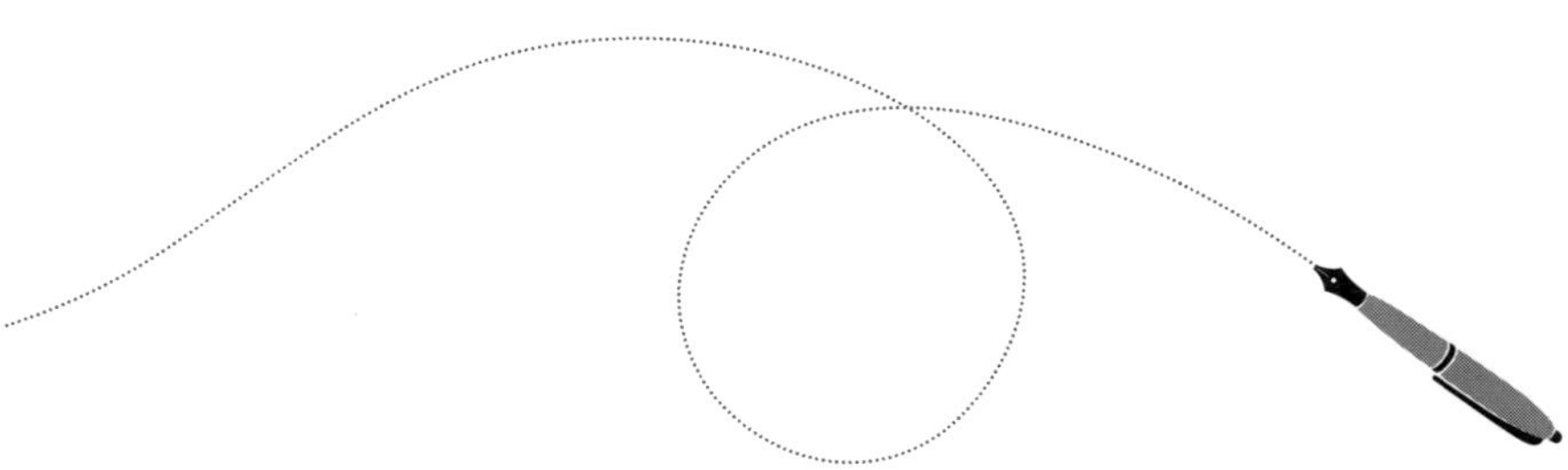

第I部 『氷点』を読む　27

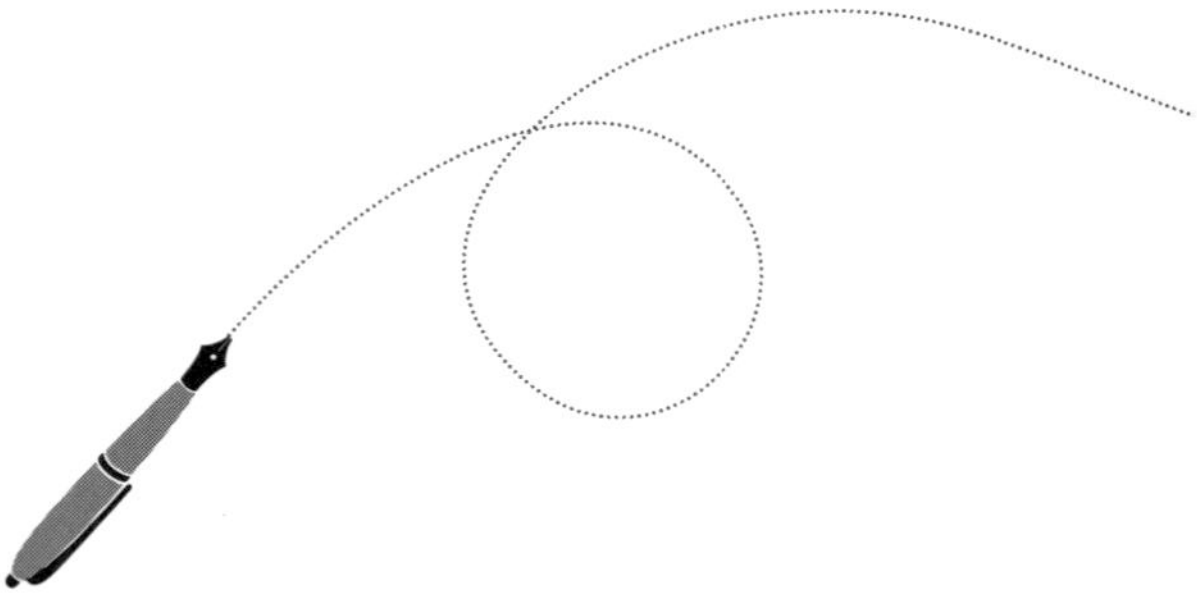

凡　例

一、本書で引用する『氷点』『続　氷点』の本文は、各々、『三浦綾子全集　第一巻』『三浦綾子全集　第四巻』（いずれも、主婦の友社）に拠《よ》ります。

一、『氷点』『続　氷点』以外の作品に関しても、『三浦綾子全集』（全二十巻）に収められている作品からの引用は、原則として、同全集の本文に拠ります。

一、本書で引用する『三浦綾子全集』の本文は、ルビがついていない場合がほとんどですが、著者の判断で、読みにくいと思われるものにはルビをつけました。

一、本書で引用する日本語訳聖書の本文は、原則として、三浦綾子さんが親しんでいた『聖書　口語訳』（日本聖書協会）に拠ります。

イントロダクション

――三浦綾子の生涯と作品

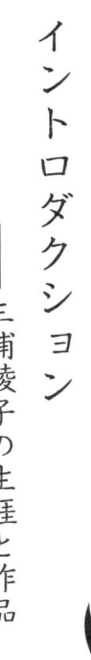

三浦（旧姓、堀田）綾子さんは、一九二二年四月二十五日に北海道の旭川で生まれ、一九九九年十月十二日に多臓器不全で召天しました。三十歳でクリスチャンになった綾子さんは、三十五年間の作家活動において、多くの小説やエッセイを書き、人々に神の愛を伝え、希望を与えてきました。

以下では、作家デビューまでの綾子さんの歩み、小説『氷点』での作家デビュー、病を抱えながらの作家活動、三浦文学の特徴について見ていきます。

作家デビューまで

三浦綾子さんは、旭川市立高等女学校を卒業したのち、十七歳（正確には十六歳十一か月）から七年間、小学校教員の職にありました。熱心に軍国主義教育に携わった綾子さんは、敗戦によって虚無に陥ります。正しいと思い込んで小学生に教えてきたことが否定され、教科書に墨を塗らせたときのことを、綾子さんは次のように書いています。

（本当に今まで教えてきたことは誤りだったのか）
（それとも、アメリカ軍のいうことが誤りなのだろうか）

それとも、そのどちらも誤っているのだろうか。わたしは七年間、生徒に真剣に打ちこんできたはずだった。その真剣に教えてきたことが誤りだったとしたら、わたしはこの七年を無駄に過ごしてしまったのか。

いや、無駄ならよい。だが誤りだとしたら、わたしは生徒たちに、何といって謝るべきであろう。そう思うと、わたしは生徒の前に大きな顔をして、教師として立っていることが苦痛になった。

(何が正しいかもわからずに教えてきたとは……)

わたしは急速に自信を失っていった。


(『石ころのうた』十四)


綾子さんは、一九四六年三月に辞職します。その数か月後、肺結核を発病。のちに脊椎《せきつい》カリエスを併発し、十三年にわたって闘病生活を続けることになります。脊椎カリエスと診断された一九五二年からは、ギプスベッドに固定された状態での療養が、長い間、続きました。

一九四八年十二月、虚無的な生き方をしていた綾子さんの前に、おさななじみの前川正《ただし》さんが現れます。北海道大学医学部の学生（当時、肺結核の療養のために休学中）だったクリスチャンの前川さんは、たびたび綾子さんのもとを訪れ、二人は親しくなっていきます。前川さんは綾子さんの生き方を繰り返し戒めますが、綾子さんは耳を貸そうとしません。ある日のこと、旭川の春光台の丘で、前川さんは、忠告を聞き入れようとしない綾子さんの目の前で自分の足を石で打ち叩《たた》きます。それをとめようとした綾子さんの手を握って、前川さんは次のように言いました。

「綾ちゃん、ぼくは今まで、綾ちゃんが元気で生きつづけてくれるようにと、どんなに激しく祈って来たかわかりませんよ。綾ちゃんが生きるためになら、自分の命もいらないと思ったほどでした。けれども信仰のうすいぼくには、あなたを救う力のないことを思い知らされたのです。だから、不甲斐ない自分を罰するために、こうして自分を打ちつけてやるのです」

（『道ありき』十一）

このとき、前川さんの愛が綾子さんの全身を刺し貫きます。そして、前川さんが信じている神を自分も求めたいという思いになります。

その数年後、信仰の道に進みつつあった綾子さんは、自分の中に〈罪意識をもたないという罪〉があることに気づいて慄然《りつぜん》とし、一九五二年七月五日、病床で洗礼を受けます（綾子さんの入信・受洗に至る経緯は、自伝小説『道ありき』に詳しく記されています）。

一九五四年五月、肺結核を患っていた前川さんが亡くなり（享年、満三十三歳）、綾子さんは深い悲しみに沈みます。

前川さんの召天の翌年、神は、綾子さんのもとに生涯の伴侶、三浦光世《みつよ》さんを送ります。綾子さんと光世さんは、結核を病むクリスチャンの交流誌『いちじく』の購読者でした。この雑誌を発行していた菅原豊氏が光世さんに、同じく旭川に住む綾子さんを見舞うよう依頼したのです。訪ねて来た光世さんを見て、綾子さんは驚いたそうです。光世さんの顔が前川さんとそっくりだったからです。確かに、若い頃の光世さんと前川さんを写真で見比べると、よく似ています。

綾子さんと光世さんは、その後、心の交流を深めていきます。綾子さんは、病床から起きることができるまでに体が回復しました。そして、綾子さんの肺結核・脊椎カリエスが完全に治り、お二人は、一九五九年五月二十四日、旭川六条教会で結婚式を挙げます。

同じ信仰をもつ綾子さんと光世さんは、人々に神の愛を伝える家庭でありたいとの願いを抱き、伝道に励みます。結婚後、綾子さんが雑貨店を開いたのも、多くの人たちと触れ合う中で神の愛を伝えたいと思ったからです。

結婚して間もない一九六一年、綾子さんが林田律子というペンネームで書いた手記「太陽は再び没せず」が、雑誌『主婦の友』募集の「愛の記録」に入選します（六百十四篇の応募作品の中から三篇が入選）。この手記で綾子さんは、虚無に陥った自分がどのようにして信仰を得、結婚に導かれたのかを書きました。『主婦の友』一九六二年新年号に掲載された同手記は、読者に感動を与え、大きな反響を呼びます。このとき、綾子さんは、文章の影響力を実感したそうです。小説やエッセイをとおしてメッセージを語り続けた作家、三浦綾子の原点は、この手記にあると言えるでしょう。

作家デビュー

一九六三年一月、朝日新聞社は、大阪本社八十五周年、東京本社七十五周年を記念する事業の一つとして、懸賞小説の募集を発表します。一位入選者への賞金は一千万円。賞金としては破格の額です（当時は、コーヒー一杯が六十円、総理大臣の月給が四十万円でした）。応募者はプロ・アマを問わないというもの。元日の夕方、実家に年始の挨拶に行って、この募集を見せられた綾子さんは、応募する気になりませんでした。しかし、その夜、一晩にして小説のストーリーが出来あがります。

綾子さんには、訴えたいメッセージがありました。「原罪」についてです。「原罪」とは、キリスト教の用語で、人が生まれながらにもっている罪のことです。原罪の概念内容については様々な見解がありますが、綾子さんは、「的はずれ」なあり方（神の方を向いていない、自己中心的なあり方）のことであるという理解に立っています。綾子さんは、なぜ原罪の問題を訴えたかったのか。それは、原罪こそが人間の不幸・苦しみの根源だからです。この問題が解決されない限り、真の幸せを得ることはできない。だから原罪の問題は大切なのです。

朝六時から夜十時過ぎまで雑貨店の仕事があったので、執筆は深夜です。冬は、寒さで凍るインクを万年筆の先でつつきながら執筆したそうです。この小説が綾子さんの代表作として知られている『氷点』です。

『氷点』は、懸賞小説の一位に入選し、大きな話題となりました。まずは、プロの小説を含んだ七百三十一篇の応募作品の中から無名の主婦の作品が選ばれたということが人々を驚かせました。そして、この小説が『朝日新聞』朝刊に連載されると、読者は『氷点』の世界に引き込まれていきます。連載終了の翌日（一九六五年十一月十五日）に発売された単行本『氷点』は大ベストセラーとなり、テレビドラマ化・映画化され、「氷点」ブームを起こしました。

なお、入選の賞金一千万円についてですが、四百五十万円は税金。残金（五百五十万円）のうち、十分の一は所属教会に献金（クリスチャンは、聖書の教えに基づいて、収入の十分の一を神にささげます）。また、綾子さんの長年の療養中にお父様が借りたお金の返済に、二百二十万円が充てられました。三浦夫妻は、そのほかのお金を、他教会（所属教会でない教会）への献金や、お世話になった人たちへのお礼に使い、ご自分たちのために使うことはしませんでした。

綾子さんは、一九六四年八月（懸賞小説入選の発表の翌月）に雑貨店を閉め、作家活動に専念します。光世さんは、綾子さんをサポートするため、一九六六年十二月に旭川営林局の職を辞しました。ひどい肩こりで執筆困難となった綾子さんの口述筆記（筆記者は光世さん）が、光世さんの退職の少し前から始まり、それ以降、三浦文学はこの方式で生み出されていきます。

綾子さんと光世さんは、ともに聖書を読み、神に祈ってから、二人三脚で仕事を進めます。このようにして、『塩狩峠』『道ありき』『続 氷点』などの名作が次々と生まれました。

作家活動と病

しかし、綾子さんの作家活動は順風満帆ではありませんでした。綾子さんは様々な病にかかります。血小板減少症、重度の帯状疱疹《たいじょうほうしん》（ヘルペス）、直腸癌、パーキンソン病など、どれ一つとっても大変な病です。にもかかわらず、綾子さんは、これらの病を神からの贈り物として感謝して受けとめます。ここにクリスチャン三浦綾子の強さがあります。「神は愛である」という聖書の言葉（新約聖書、ヨハネの第一の手紙四章八、一六節）をどこまでも信じ、愛なる神が与えてくださったものとして大病に耐えたのです。綾子さんは、病の中でも神によって心を強められ、光世さんに支えられ、多くの人々の祈りの支援を受けて、作家活動を全うしました。この綾子さんの姿に私たちは励まされます。そして、神への信仰の素晴らしさを知ります。

聖書に次のような言葉があります。

神は、いかなる患難の中にいる時でもわたしたちを慰めて下さり、また、わたしたち自身も、神に慰めていただくその慰めをもって、あらゆる患難の中にある人々を慰めることができるようにして下さるのである。

（新約聖書、コリント人への第二の手紙一章四節）

右の聖句の「わたしたち」とは、キリスト教の大伝道者パウロたちのことですが、綾子さんも、その生き方や言葉をとおして人々を慰め、励ましてきました。幾多の苦難に遭った綾子さんが語るからこそ心に響く言葉があるのです。綾子さんの生き方や文章をとおして、あるいは、綾子さんとの直接の出会いによって、神を信じ、人生が変わった多くの人々がいます。

三浦文学の特徴

三浦文学は、「護教文学」だとか「主人持ちの文学」だとか言われて、批判されることがあります。「護教」の「教」とはキリスト教のことであり、「主人持ち」の「主人」とは神のことです。キリスト教の教えを広めるために文学作品を書くのは邪道だと考える人たちがいるのです。しかし、綾子さんは、そういう批判を気にとめませんでした。「文学」であろうとなかろうと、そのようなことは、どうでもよかったのです。文章をとおして、神の愛を伝えたい、神を信じることの素晴らしさを伝えたい、これが綾子さんの思いでした。綾子さんは次のように書いています。

わたしの場合、護教文学かも知れない、宣教文学かも知れない。それは、文学的には邪道かも知れない。そのことを充分承知の上で敢えて、わたしは今まで書きつづけてきた。

とにかく、わたしは、文学を至上とするのではなく、神を至上とする以上、信者としての自分が日本に於て今しなければならないことは、キリストを伝えることであると思っている。

だから、私には、キリスト信仰を持つ文学者のいだく「信仰と文学」両立のための悩みは無いとも言える。わたしは、今、ひたすらキリストを伝えたいのだ。

では、わたしには、悩みは全くないのか。姿勢の上では、悩みはない。わたしは、敢えて護教、宣教の姿勢を取った。そのことを悔いてはいない。それが、よし非文学になろうとも、わたしはかまわない。

（「この頃思うこと――断想風に」『旭川市民文芸』一七号、四〜五頁）

この文章には、綾子さんの作家活動の精神が明確に語られています。綾子さんは、その作品によって人々の目を神（イエス・キリスト）の方に向けさせようとしていたのです。このような作家活動の原動力は、神の愛によって自分の人生が変えられたという体験・認識です。

病を抱えながら綾子さんが生み出した作品は、現代小説（『氷点』『続 氷点』『ひつじが丘』など）、歴史小説（『細川ガラシャ夫人』『千利休とその妻たち』『海嶺《かいれい》』など）、自伝小説（『道ありき』『この土の器をも』『草のうた』など）、伝記小説（『愛の鬼才』『ちいろば先生物語』『夕あり朝あり』など）、エッセイ集（『愛すること信ずること』『光あるうちに』『明日のあなたへ』など）と多種多様ですが、その根底には、神への信仰があり、神の愛を伝えたいという思いがあり、人間に対する厳しくも温かい眼差しがあります。

本書では、右のような諸作品のうち、「原罪」「赦し」をテーマとする『氷点』『続 氷点』を取り上げます。そして、『氷点』『続 氷点』を聖書の言葉に照らしながら読むことによって、綾子さんが読者に何を訴えたかったのかを考えます。

本書をとおして、一人でも多くの方が三浦文学への理解を深め、綾子さんの切なるメッセージを受けとめてくだされぱと願っています。

第Ⅰ部　『氷点』を読む

第一回　「敵」～「線香花火」

『氷点』は、一九六四年、朝日新聞社の懸賞小説（賞金一千万円）に一位入選して、同年十二月九日から翌年十一月十四日まで『朝日新聞』（朝刊）に連載された作品です。三浦綾子さんが作家デビューを果たした小説であり、名作中の名作です。

綾子さんは『氷点』をとおして読者に何を問い、何を語ろうとしたのか。綾子さんが私たちに送っているメッセージを正面から受けとめましょう。

それでは、早速、『氷点』の冒頭部分から見ていきましょう。

「原罪」の性質

昭和二十一年（一九四六年）七月二十一日の昼下がりのこと、辻口病院の院長夫人である夏枝（二十六歳）は、自宅の応接室で村井靖夫《やすお》（辻口病院の眼科医。二十八歳）に言い寄られます（夏枝と村井の年齢は数え年です）。夏枝の夫である啓造は出張中で、長男の徹（満五歳）も女中の次子と映画を見に行っています。

村井が夏枝に言い寄っているところに長女のルリ子（満三歳）がドアを開けて入ってきました。夏枝は、ルリ子を膝に抱き上げて村井の求愛を拒むべきだと思いながらも、外で遊んでくるようにとルリ子に言い、部屋から追い出してしまいます。ルリ子は、「センセきらい！　おかあちゃまもきらい！　だれもルリ子と遊んでくれない」と言って、部屋を飛び出しました。そのときの夏枝の心中は、次のように書かれています。

夏枝はよほど呼びとめようかと思った。しかし今しばらく村井と二人きりでいたい思いには勝てなかった。（「敵」）

外に出たルリ子は、生きて帰ってきませんでした。佐石土雄という、通りがかりの日雇い労働者に絞め殺されてしまったのです。夏枝がきっぱりと村井を拒めなかったために、取り返しのつかないことになりました。

ルリ子が部屋を出たあと、媚態《びたい》としての夏枝の拒絶を見て、嫌われているものと勘違いした村井は、「わかりました。そんなにぼくをきらっていられたのですか」と言って、辻口家を出ます。

その直後、夫の啓造が予定より一日早く帰ってきます。夏枝にとって啓造は信頼できる夫でした。不満も感じていませんでした（じつは、啓造に対する欲求不満があったと思われますが、夏枝自身、そのことに気づいていません。このことは第三回でお話しします）。しかし、夏枝は村井に心惹《ひ》かれてしまいます。

（やっぱり辻口が一番いいわ）

そう思った。夏枝は啓造を愛している。医者としても夫としても尊敬していた。何の不満もなかった。

（それなのに、何故《なぜ》村井さんと二人でいることがあんなに楽しいのかしら）

夏枝にはそれがふしぎだった。今はこうして、夫が一番いいと思っていても、再び村井に会うとどうなるか、自信がなかった。制御できないものが、自分の血の中に流れているのを夏枝は感じた。

（「敵」）

夏枝は、村井と二人きりでいたい思いに勝てずに、ルリ子を外に出してしまいました。そして、再び村井に会うとどうなるか自信がないというのです。夏枝が感じた、自分の血の中に流れている「制御できないもの」とは何でしょうか。それは、全ての人が生まれながらにもっている「罪」――原罪――です。これが今回の大きなポイントです。新約聖書、ローマ人への手紙の七章で伝道者パウロは次のように書いています。

わたしたちは、律法は霊的なものであると知っている。しかし、わたしは肉につける者であって、罪の下《もと》に売られているのである。わたしは自分のしていることが、わからない。なぜなら、わたしは自分の欲する事は行わず、かえって自分の憎む事をしているからである。もし、自分の欲しない事をしているとすれば、わたしは律法が良いものであることを承認していることになる。そこで、この事をしているのは、もはやわたしではなく、わたしの内に宿っている罪である。……わたしは、なんというみじめな人間なのだろう。だれが、この死のからだから、わたしを救ってくれるだろうか。わたしたちの主イエス・キリストによって、神は感謝すべきかな（竹林注・「神に感謝すべきかな」の意）。

（ローマ人への手紙七章一四〜二五節）

「律法」とは神がイスラエルの民に与えた掟《おきて》です。代表的な律法としては十戒があります。十戒とは十の戒めのこと。「神以外のものを拝んではならない」「両親を敬いなさい」「他人のものを盗んではならない」など、この世で生きていくうえでの大切なルールです。

この律法が「霊的なものである」というのは、どういうことでしょうか。キリスト教では（キリスト教に限りませんが）、人間には魂があると考えます。「霊的なものである」とは、私たちの魂に関わるものだということです。「律法は霊的なものであると知っている」というのは、律法が魂に関わる良いものであることを知っているということです。律法のとおりに生きれば、魂が安らかな状態で生きられます。人を憎んだり他人のものを盗んだり、そのようなことをしていたら、自分自身の魂が壊れてしまう。

「しかし、わたしは肉につける者であって、罪の下に売られている」とありますね。ここに「売られている」という言葉が使われています。奴隷を連想させる言葉です。「罪の下に売られている」というのは、まるで罪の奴隷のようになっているということです。自分で「こうしたい」「こうすべきだ」と思うことが自由にできないで、悪にコントロールされてしまう、そういう性質をもっているということですね。「わたしは」とありますので、直接的にはパウロ自身のことを言っているのですが、パウロだけに限られない。人間は誰もがそういう性質をもっています。人間は罪の性質をもっているので、良心どおりに生きることができないのです。

三浦綾子さんは、『氷点』で、この罪の問題を扱いたいと思いました。人間は幸せに暮らしたいと思いながらも、なぜ幸せな生き方ができないのか。したくないことをしてしまうのか。それは、罪というものが根本にあって、罪が私たちに、したくないことをさせてしまうのだ、ということです。

パウロは、「わたしは、なんというみじめな人間なのだろう。だれが、この死のからだから、わたしを救ってくれるだろうか」と言って、自分の惨めさ・悲惨さを認めています。「わたしたちの主イエス・キリストによって、神は感謝すべきかな（竹林注・「神に感謝すべきかな」の意）」というのは、イエス・キリストこそが私たちを罪の中から救い出してくださるということです。

聖書には「罪の支払う報酬は死である」と書かれています（ローマ人への手紙六章二三節）。罪を犯したら死ななければならない、ということです。「死」とは肉体の死だけではなく、断絶ということです。神と切り離されてしまうことが死です。神と切り離されてしまうから、心が満たされず、虚《むな》しさを感じるのです。しかし、イエス・キリストが十字架にかかって、私たちが本来受けるべき罪の罰を全て受けてくださった。分かりやすいたとえで言えば、私たちが払わなければならない借金を、イエス・キリストが代わりに全部払ってくださった。それによって、私たちは、罪が赦され、神との関係が回復されたのです。過去の罪も、現在の罪も、これから犯す罪も、全て赦され、神とともに歩めるようになりました。だから、「わたしたちの主イエス・キリストによって、神は感謝すべきかな」と書かれているのです。

以上、ローマ人への手紙七章一四節以下の内容を見てきました。それでは、この内容が『氷点』とどのようにつながるのでしょうか。

先ほど見たように、「制御できないものが、自分の血の中に流れているのを夏枝は感じた」と『氷点』に書かれています。この「制御できないもの」とは、ローマ人への手紙七章でパウロが書いている「罪」なのです。自分がしたくないこと、自分の良心に反することをさせる悪の力です。

三浦綾子さんは、聖書の内容を念頭に置いて『氷点』を書いています。しかし、『氷点』の読者は、必ずしも聖書のことを知っているわけではありません。ですから、聖書を参照しながら解説を聴くことによって深く理解できる箇所があります。その一例が、「制御できないものが、自分の血の中に流れているのを夏枝は感じた」という一文です。「制御できないもの」というのは、単に〈人間の力で抑えることができないもの〉という意味ではありません。全ての人が生まれながらにもっている罪――原罪――のことなのです。

「敵」とは誰か――人を赦さない罪について

今回のもう一つのポイントは、「敵」についての話です。

女中の次子に連れられて戦争映画を見てきた徹が、父親の啓造に「敵ってナーニ？」と尋ねます。この問いに対して、啓造は、「敵というのは、一番仲よくしなければならない相手のことだよ」と答えます。どうして、このように答えたのか。それは、啓造の学生時代の恩師である津川教授（夏枝の父親）が語った、「汝《なんじ》の敵を愛すべし」という聖書の言葉を思い出したからです。

『氷点』『続 氷点』に津川教授がクリスチャンだという話は出てきません。しかし、津川教授は聖書のことを知っていて、敵を愛することは人間の努力だけではできないことをしみじみと感じていました。この津川教授が講義の中で引用した「汝の敵を愛すべし」という聖句が、啓造に、「敵というのは、一番仲よくしなければならない相手のことだよ」と答えさせたのです。

それでは、なぜ、イエス・キリストは「汝の敵を愛すべし」と言われたのでしょうか。私たちは、自分や身近な人（あるいは自分の国）に危害を加えるような「敵」を、なぜ愛さなければならないのでしょうか。

人を憎むのは恐ろしいことです。相手から悪いことをされたとしても、仕返しをすれば、また相手がやり返してくる、という復讐《ふくしゅう》の連鎖、憎しみの連鎖になってしまい、悲惨なことになります。そういう連鎖にならないように、どこかで食い止める必要がある。また、人を憎むことは自分自身を苦しめます。自分の心が乱されてしまうんですね。

「汝の敵を愛すべし」というのは、悪を容認せよということではありません。人を憎むな、人を愛せ、ということです。神（イエス・キリスト）は、私たちが人を愛する生き方をすることを願っておられます。

しかし、『氷点』の啓造は、夏枝と村井を赦すことができない。ルリ子を殺した佐石は自殺してしまいましたので、実際に憎しみをぶつけられるのは夏枝と村井しかいません。夏枝は神経衰弱で入院し、啓造は夏枝を憐《あわ》れに思います。しかし、それでも、啓造は夏枝を赦すには至りません。赦そうとしながらも、結局、赦せない。それで、どうするのかというと、啓造は、佐石の子を、夏枝にそれと知らせずに養女として引きとります（この話は次回、詳しく見ます）。夏枝は、ルリ子殺しの犯人の娘を、それと知らずに育てるわけですね。

ルリ子の代わりに養女を育てたいと言い出したのは夏枝です（夏枝は病気のために避妊手術をしていて、子を産むことができませんでした）。啓造は、当初、「女の子を育てたい」という夏枝の気持ちを理解することができませんでした。しかし、夏枝の友人である藤尾辰子から聞いた話を思い出します。高木雄二郎（啓造の友人）が嘱託をしている乳児院に、佐石の娘（赤ん坊）が預けられているという話です。啓造は、この子を夏枝に育てさせることで、夏枝に復讐しようとします（佐石の娘を引きとろうとした最初の動機は復讐のためではなかったのですが、ある出来事によって復讐目的に変わります。このことは次回お話しします）。夏枝は、我が子を殺した佐石の娘であることを知らずに、かわいがって育てるだろう。いつの日か、本当のことが分かったときに、夏枝は打ちのめされるだろう。〈自分は、一体、何ということをしたのだろう。我が子を殺した犯人の娘を、こんなにかわいがって育てたとは〉と。その打ちのめされる姿を見てやろうというわけです。

啓造は、夏枝を赦すことができないので、そういう復讐の方法を考えたのです。しかし、佐石の子を引きとることによって、啓造自身が苦しみます（本当は佐石の子ではなかったことが『氷点』の末尾で明らかになるのですが）。もちろん、夏枝も苦しむことになります。そして、引きとられた陽子も苦しみ、自殺を図るに至る。「赦せない」という思い――人を赦さないという罪――が人々を苦しめ、不幸に陥れます。

第二回　「チョコレート」〜「つぶて」

キスマーク事件

啓造は、乳児院の嘱託をしている高木に、ルリ子を殺した犯人の娘を引きとる話を持ち出します。高木は、「そんな憎いやつの子を引きとるなんて、おかしな話だぜ」と言いますが、啓造は次のように答えます。

「そうだ。おかしな話だよ。だがね、憎いからこそ考えたんだ。考えてみると、憎むということもばかな話じゃないのかな。わが子が殺された悲しみの上に、おまけに、やりどころのない憎しみを持って一生くらすなんてね。おれの一生は、もうそんな辛《つら》い生き方しかできないのだろうかと、そう考えたんだよ。他に生き方があるとしたら、犯人を憎まないことだよ。憎まないためにはどうするか、愛するしか、ないんじゃないかと思ったわけだよ」

（「チョコレート」）

ここで啓造が言っている内容自体は正しい。一生を憎しみの中で過ごす、それは啓造が言うように「辛い生き方」です。何かほかに生き方はないのか。それは憎まないことだ。啓造がこう言っている背景には、前回見たように、恩師である津川先生（夏枝の父親）が引用した「汝の敵を愛すべし」という聖句の影響があります。啓造は、敵を愛するしかないと思い、その方法として、ルリ子を殺した犯人（佐石）の娘を引きとろうとしているわけです。

その啓造に対して、高木は、「肝心の夏枝さんが、こんな話を承知すると思うのかね。どうやって話をきりだすつもりなのかね」と言います。これを聞いて、「（そうだ。夏枝はいたわらなければ……）と啓造は思案顔になった」とあります。

啓造は、最初から夏枝への復讐として佐石の娘を引きとろうと考えていたのではありません。初めは良い動機だった。夏枝のことも思いやっています。過去のことは水に流して、やり直そうかと考えていました。肯定的な方向に傾いていたのです。

しかし、この方向が大きく変わってしまう出来事が起きました。「雨のあと」の章に書かれている「キスマーク事件」です（「キスマーク事件」という名称は私がつけたものです。『氷点』の本文で「キスマーク事件」と呼ばれているわけではありません）。

村井は、結核の療養のために旭川を離れて洞爺《とうや》に行くことになりました。その出発予定日の前日、村井は夏枝を訪ねます。夏枝は、村井の「よそよそしい表情」「夏枝に何の関心もない、路傍の人のような面もち」を見て、さびしく思います。

一方、村井のほうも、夏枝への思いを断ち切ることができないでいる。そして、村井は夏枝に迫り、夏枝のうなじに、紫のあざのキスマークが付くほど強く唇を押し当てました。その直後に村井は帰っていきます。

その夜、啓造は、夏枝の首のキスマークに気づきます。せっかく肯定的な方向に傾いていた啓造の気持ちが、ここで凍ってしまいます（夏枝は、この日の村井の来訪を啓造に話していました）。

佐石の娘を引きとろうかと最初に思ったときは、良い動機でした。憎しみの中で一生を送るようなことはしたくない、別の生き方をしたい、そのために佐石の娘を引きとろうと思っていた。また、夏枝に関しても、今までのことは水に流して仲よく暮らそうと思っていました。完全に夏枝を赦すことはできなかったにしても、肯定的な気持ちになっていた。しかし、今回のキスマーク事件で、啓造は耐えがたい苦しみを味わうことになるわけです。

啓造は、「いったい、何のためにアクセクとおれは働いているのだろう」「赤ん坊など、もらってやるものか！」という思いになります。そして、「赤ん坊など、もらってやるものか！」という気持ちが、逆に佐石の娘を引きとることで夏枝に復讐しようという企《たくら》みに変わります。初めは良い動機で考えていたことが復讐の手段になるのです。

「犯人の子など引きとるなんて、ばかげたことはやめれ。第一そんなこと夏枝さんに、どうやってきりだすのだ」

といった高木の言葉がよみがえった。

（そうだ！　それを夏枝にいきなりきりだしてみよう。犯人の子ときいただけで、夏枝は怒り狂うかもしれない）

しかし今すぐ狂われたのでは、啓造の生活が脅かされる。

（「雨のあと」）

啓造は、夏枝に今すぐ狂われたのではかなわない、と自分の身の安全のことを考えるんですね。そして、夏枝に相談せずに佐石の娘を引きとることにします。ここがポイントです。『氷点』の文章を見てみましょう。

（そうだ！　相談せずに引きとるのだ。夏枝は何も知らずに、かわいがることだろう。秘密は絶対に守らねばならない。何も知らずに育てた子が、いつの日か犯人の子と知った時、夏枝は一体どうなるだろう。かわいがって育てただけに、うちのめされることだろう。愛して育てあげた子が、ルリ子殺しの犯人の子と知ったとき、夏枝は自分の過去の何十年間かを、どんなに口惜《くや》しがることだろう。しかしそれでもいいではないか。犯人の子はかわいがられて育つのだ。〝汝の敵を愛せよ〟というわたしの試みは、とにかくなされるのだ。仇《かたき》の子と知って育てる自分の方が、何も知らない夏枝より苦しいかもしれない。しかし、肉を切らせて骨を断つのだ。真相を知った時、夏枝がじだんだふんで口惜しがっても、すべては後の祭りになる日が来るのだ）

啓造は、その時の夏枝のおどろきかなしみ、口惜しがる様子を想像した。

（「雨のあと」）

夏枝は何も知らずに佐石の娘をかわいがるだろう。そして、いつの日か、佐石の娘であったことを知るとき、夏枝は、その子を大切に育ててきた年月は何だったのかと口惜しがる、それを見てやろうということですね。

先ほど引用した箇所の中に「〝汝の敵を愛せよ〟というわたしの試みは、とにかくなされるのだ」とありますが、これは、啓造自身が七年後に、高木宛ての書きかけの手紙の中で認めているように、「隠れ蓑《みの》」です。夏枝に対する復讐のために佐石の子を引きとろうとしていることを、まともに認めたくないんですね。復讐と言えば復讐だけれども、「汝の敵を愛せよ」という試みでもあるのだと思うことによって〈そうやって自分をだますことによって〉、心の負担を軽くする。〈俺は、そんなに悪くない。佐石の子を引きとるのは、敵を愛することでもあるのだ〉というふうに逃げ道を作っているわけです。これが人間の醜いところですね。

また、先ほどの引用箇所には、「肉を切らせて骨を断つのだ」と書かれています。真実を知りながら佐石の子とともに暮らす自分も苦しいかもしれない。これが「肉を切らせて」ということですね。しかし、そのことによって「骨を断つ」。夏枝に復讐する。夏枝を口惜しがらせてやる。啓造は、そう思っているのです。

先ほど引用した文章に続いて、『氷点』には次のように書かれています。

啓造はいま、自分の心の底に暗い洞窟がぽっかりと口をあけているような恐ろしさを感じた。最愛であるべき妻にむかって、一体自分はなんということをしようとしているのか。この恐ろしい思いは、自分の心の底に口をあけたまっくらな洞窟からわいてくるように思われた。

（心の底などといって、底のあるうちはまだいいのだ。底知れないこの穴の中から、自分でも想像もしなかった、もっともっと恐ろしいささやきが聞こえてくるのではなかろうか）

そしてこの底知れぬ暗い穴は、自分にも、夏枝にも誰の胸にもあることを思わないわけにはいかなかった。

（「雨のあと」）

この「暗い洞窟」「底知れぬ暗い穴」というのは原罪のことです。人間が生まれながらにもっている罪深い心から、陰険な方法で夏枝に復讐してやろうという思いが出てきた。

そして、「底知れないこの穴の中から、自分でも想像もしなかった、もっともっと恐ろしいささやきが聞こえてくるのではなかろうか」とありますね。この「ささやき」に従うと、いろいろな不幸が生じるのです。

「この底知れぬ暗い穴は、自分にも、夏枝にも誰の胸にもあること」に思い至った啓造は、どうしたでしょうか。〈ああ、恐ろしい、恐ろしい。危険なことに手を出してはいけない。そうでないと大変なことになってしまう〉と考えて、夏枝への復讐の企てをやめればよかった。しかし、啓造は、そうしませんでした。「啓造は、昨夜の決心がぐらつかぬうちに、ことを運ばなければならぬと思った」とあります。復讐の手段として佐石の娘を引きとることを思いついた翌日、札幌の高木のところに行きます。罪の恐ろしさを感じながらも、復讐を思いとどまれない。それほど、啓造は夏枝に絶望し、復讐の思いにかられていたのです。恐ろしいと感じながらも、危険地帯に踏み込んでしまう、そういう怖さがあります。

今や、啓造にとって夏枝は「敵以上の存在」になっています。

聖書には、次のように書かれています。

愛は寛容であり、愛は情深《なさけぶか》い。また、ねたむことをしない。愛は高ぶらない、誇らない、不作法をしない、自分の利益を求めない、いらだたない、恨みをいだかない。不義を喜ばないで真理を喜ぶ。そして、すべてを忍び、すべてを信じ、すべてを望み、すべてを耐える。

（新約聖書、コリント人への第一の手紙一三章四〜七節）

「汝の敵を愛せよ」とは、このような愛で愛しなさいということです（こういう愛を「アガペーの愛」と言います）。自己中心的な「愛」とは大きく違いますね。啓造は、夏枝をアガペーの愛で愛することができず、自分自身を苦しめているのです。啓造の自己中心的な姿は、次の箇所からも見てとれます。

自分は夏枝を憎みながら、夏枝からは、やさしくしてほしかった。尊敬され、愛されたかった。

（「どろぐつ」）

一方、夏枝も、啓造に対する利己的な思いを「愛」だと思い込んでいます。

夏枝はやはり夫の啓造が一番頼りであった。それは啓造に対する愛というよりは、むしろ利己的なものであった。しかし夏枝はそれを愛だと信じていた。

（「みずうみ」）

啓造と夏枝は、互いにアガペーの愛で愛することができず、利己的な思いと愛を取り違えて、互いを傷つけ、自分自身を苦しめています。この二人の姿は、私たちの姿でもあるのではないでしょうか。

ところで、啓造は、夏枝の首にキスマークを見たときに、どうして、「何だ、それは」と言わなかったのでしょうか。『氷点』には次のように書かれています。

「何だ、そのあざは！」とどなりつけたい思いを啓造はじっとこらえた。怒ったら何をするかわからない危険を、啓造は感じていた。いま、大声で夏枝をどなりつけると、その自分の怒声がさらに自分の中の怒りの連鎖反応をよびおこしそうで恐ろしかった。

「怒ったら何をするかわからない危険」を感じて、それを避けた啓造の判断は、賢明だったと思います。しかし、少し時が経ってから、「どうした?」と冷静に尋ねてもよかったのではないか。啓造は、そうせずに、心の中で悶々《もんもん》とし続けます。キスマークのことが頭にこびりつき、繰り返し思い出されます。

また、啓造は、夏枝と村井の間に実際にあったこと（村井が夏枝のうなじにキスをしたこと）以上のことを想像している。自分の妄想が自分自身を苦しめています。

（「雨のあと」）

やみの中で啓造は、夏枝の方をにらみつけていた。さっき見た紫色のあざが目にうかんだ。夏枝と村井のさまざまな姿態がほしいままに想像された。その想像の中に見る妻の姿は淫《みだ》らだった。

深い絶望が啓造をおそった。

（「雨のあと」）

啓造は、自分の想像によって絶望しています。深く絶望した啓造には、冷静に事情を尋ねる気力もなかったのでしょう。

第三回 「激流」～「台風」

啓造を裏切る夏枝

「激流」の章で、夏枝は、高木宛ての啓造の手紙を読み、啓造が復讐のために佐石の子を引きとったことを知りました。そして、「いつか身も心も辻口をうらぎってみせるのだわ」とつぶやきます。

村井が肺結核の療養を終えて洞爺から旭川に七年ぶりに帰って来ることになり、夏枝は、先ほどの決意を実行に移そうとします。相手に裏切られたから、自分も相手を裏切る。やられたから、やり返す。そういう復讐の連鎖が起きてしまっています。最初は、夏枝に裏切られた啓造が夏枝に復讐し、それを知った夏枝が啓造に仕返しをたくらむ。この悪循環は、どこかで断ち切らなければなりません。

それでは、どうすれば悪循環を断ち切ることができるのか。その方法は、相手を赦すことです。相手を心から赦すためには、自分も罪深い人間であることを知っている必要があります。夏枝は、「何もかも、夫が悪いのだ」と思っていますが、啓造だけが悪いのではない。夏枝にも非があるのです。しかし、夏枝は、それを認めようとしない。

村井が旭川に着く日、夏枝は、啓造や辻口病院の事務長・婦長とともに旭川駅に出迎えに行きます。

夏枝は下着から着物まで、真新しいものをつけていた。村井がふたたび辻口病院にもどると知ってから、ひそかに調《あつら》えておいたものである。羽織のひもも、下駄も真新しい。それが村井に対する夏枝の心であった。啓造の妻として、許されることではなかった。その許されない思いを新しい着物に包んで、夏枝は駅の前で車を降りた。

（「よそおい」）

「激流」の章で「いつか身も心も辻口をうらぎってみせるのだわ」とつぶやいた夏枝は、まず、その心において啓造を裏切ります。啓造の妻として許されない思いを抱いて、村井を出迎えたのです。その村井は、夏枝の期待に反していました。村井は、療養所を出たばかりで運動不足だったために肥満気味であり、腎臓炎になりかかって顔がむくんでいました。

しかし、その五か月後、喫茶店で思いがけず村井に会った夏枝は、「顔も体も別人のように引きしまって、昔よりずっと渋味のある美しい村井」に驚きます。そして、村井に目が釘づけになる。京都の学会に出かける啓造に同行して神奈川の茅ヶ崎に住む父親（啓造の恩師、津川先生）に会う予定だったのに、「旅行をやめて、啓造の留守に、夫を裏切りたいような誘惑」を感じます。そして、子どもたちのことが心配だからという理由をつけて旅行をとりやめ、「相談にのっていただきたいことがある」と言う村井の来訪を待つことにします。

村井の訪問を待つ夏枝は「どうにかして啓造に復讐したかった」と書かれています。しかし、復讐によって事態が良い方向に進むことはありません。復讐は、その相手を傷つけ、自分自身も傷つけてしまいます。だから、聖書は、復讐してはならないと教えているのです。

村井の来訪を楽しく想像しながら眠りに入った夏枝を、家を揺さぶる台風が起こしました。そして、夏枝のそばで携帯ラジオを聞いていた徹が、青函連絡船（洞爺丸《とうやまる》）の転覆のニュースを知らせます。啓造が乗った船でした。乗船者の名簿を読むアナウンサーの声を聞きながら、夏枝は、不安な思いで、祈るように手を合わせます。

自分の力ではどうしようもない状況の中で「何にすがってよいかわからなかった」夏枝の姿は憐れです。私たちは、ここぞというときに、すがれるものがあるでしょうか。今、夏枝が置かれているような状況では、お金も社会的地位も美貌も無力です。こういうときに本当に頼りになるのは、全知全能の、愛なる神だけです。この神に信頼する生き方と、そうでない生き方とでは、その安定度において大きな違いがあります。

ラジオのニュースに耳を傾けていた夏枝と徹は、ついに、啓造の名前が読みあげられるのを聞きます。

啓造の遭難

啓造が乗った洞爺丸は、台風に遭い、転覆します。船が座礁《ざしょう》する前、揺れが激しくなってきたとき、「啓造は病院のことがチラリと頭をかすめた」とあります。危機的な状況になったとき、啓造の頭に浮かんだのは、「病院のこと」であって家族のことではないんですね。ここで「病院」というのは、自分が経営する辻口病院のことです。

「ルリ子の死」の章に書かれていることですが、昭和十八年、二十八歳（数え年）の啓造は、過労で倒れた父親に代わって病院の経営を継ぎました。この年にルリ子が生まれたのですが、戦時中で、病院の経営が最も困難な時期でした。戦後も、啓造は、人員不足を補うために早朝から夜遅くまで働き、心労の多い日々を過ごしていました。そういう中で、啓造は、ルリ子をゆっくり抱くことがなかった。そのようなときに、二十六歳（数え年）の夏枝は村井に心が揺らぎます。

　啓造とゆっくり過ごすことのできない夏枝は、さびしかったのではないか。『氷点』の創作ノート（三浦綾子記念文学館所蔵）にも、夏枝について、「啓造と取り合せでは『欲求不満』　欲求不満の為の恋愛で単なる浮気ではない」と書かれています。「欲求不満の為の恋愛」というのは村井とのことを指します。『氷点』の最初の章（「敵」）に、「夏枝は啓造を愛している。医者としても夫としても尊敬していた。何の不満もなかった」（傍線、竹林）と書かれていますから、夏枝は自分の欲求不満に気づいていなかったようです。

「激流」の章に書かれていることですが、啓造の日記には家族のことが出てきません。仕事のことばかりが記されている。洞爺丸の中でも、危機に直面した啓造の脳裏をよぎったのは病院のことでした。啓造は仕事第一の生活をしていたと言えるのではないでしょうか。こういう仕事人間を夫とする夏枝が満たされない思いを抱き続けてきたことは、十分に想像できます。

さて、船が座礁して、船窓から海水が流れ込んできたとき、啓造は、救命具のひもが切れたと泣く女性に自分の救命具を譲る宣教師を見ます。「宣教師」とは、自分の母国を離れて外国でキリスト教を伝える人のことです。

九死に一生を得た啓造は、この宣教師のことを思います。

（あの宣教師は助かったろうか？）

あの胃けいれんの女に、自分自身の救命具をやった宣教師のことを、啓造はベッドの上でも幾度も思い出したことだった。啓造には決してできないことをやったあの宣教師は生きていてほしかった。あの宣教師の生命を受けついで生きることは、啓造には不可能に思われた。

あの宣教師がみつめて生きてきたものと、自分がみつめて生きてきたものとは、全くちがっているにちがいなかった。

（「台風」）

「あの宣教師の生命を受けついで生きることは、啓造には不可能に思われた」とありますね。なぜ「不可能に思われた」のでしょうか。それは、「あの宣教師がみつめて生きてきたものと、自分がみつめて生きてきたものとは、全くちがっているにちがいなかった」からです。何を見つめて生きてきたのかが宣教師と自分とで全く違う。宣教師は、啓造とは全く異なるものを見つめて生きてきたから、「啓造には決してできないこと」（自分の救命具を譲ること）ができたのです。

それでは、この宣教師は何を見つめて生きてきたのか。神を見つめて生きてきたのです。神を見つめて生きてきたから、自分の命を犠牲にして救命具を譲ることができた。

なぜ、神を見つめながら生きると、自分の命を犠牲にすることができるのか。それは、イエス・キリストの十字架の意味を知っているからです。〈イエス・キリストが、罪深い私を救うために、十字架にかかってくださった。そのことによって、私の罪が赦され、天国に入れるようになった〉ということが分かっていたから、洞爺丸の宣教師は自分の命を犠牲にして、女性に救命具を譲ることができたのです。三浦綾子さんの小説『塩狩峠』の主人公である永野信夫（モデルは長野政雄氏）が、自分の命を犠牲にして、急勾配《きゅうこうばい》を逆走する列車の下敷きになり、列車の転覆を防いで乗客の命を助けたのも、信夫が十字架の意味を知っていたからです。

イエス・キリストの十字架は、神の愛をはっきりと示しています。この神の愛を知った人は、神を愛し、人を愛する生き方ができる。また、天国への希望が与えられているので、死に対する恐れがない。死は、この世よりずっと素晴らしい世界への入り口ですから、恐怖の対象ではないんですね。

それでは、宣教師の遺族は、どうなるのか。この宣教師のモデルはディーン・リーパー宣教師とアルフレッド・ストーン宣教師です。お二人には妻子がいました。また、『塩狩峠』の信夫にも婚約者や母親や妹がいた。そういう、残された家族や親しい人たちのことは、どうなのか。自分だけ天国に入れば、それでいいのか。けっして、そういう気持ちではない。洞爺丸の宣教師も信夫も、死を前にして、愛する身近な人たちのことを思ったでしょう。そして、それらの人たちのことを神に委《ゆだ》ねたにちがいない。〈愛に満ちた神は、必ず、残された家族たちを守り、導いてくださる〉という信仰、神への信頼をもって、自分の命を犠牲にしたのだと思います。

一方、啓造は、どうでしょうか。この世のことを見つめて生きてきた啓造は、死を前にして恐れます。自分の死に直面した啓造を支えるものは何もありませんでした。支えるものがあれば「無力」ではありません。支えるものが何もないから、「啓造は全く無力だった」のです。

この啓造の姿は、自分の命を犠牲にして女性に救命具を譲った宣教師の姿と対照的ですね。綾子さんは、啓造と宣教師を対照的に描くことによって、読者に、「あなたなら、どうですか?」「あなたは何を見つめて生きていますか?」と問いかけているように思います。皆さんは、この問いかけに、どう答えますか。

『氷点』のように内容の濃い小説を読む場合、こういう問題をじっくり考えることが大切です。小説のストーリーを表面的に追うだけでは、ほとんど意味がありません。

なお、この「台風」の章は、懸賞小説の応募原稿にはありませんでした。入選が決まって『朝日新聞』に連載されたときに、三浦光世さん（綾子さんの夫君）の勧めで付け加えられたものです（三浦光世『三浦綾子創作秘話』第一章）。台風による洞爺丸転覆は、実際に一九五四年九月二十六日に起きた出来事です。千名以上の死者が出た、日本海難史上、最大の事故でした。

第四回　「雪虫」〜「淵」

愛とは何か

小学二年生の陽子（啓造が夏枝への復讐のために引きとった子）を膝に抱いた啓造は、幼女をおそう痴漢の心理を思います。そして、「仮にこの小さな唇をむさぼり吸ったとしても、陽子はそれを父の愛として受けるだけであろう」というような想像をした自分の醜さを思い、愛とは何かということを考えます。

日本語の「愛する」という言葉は、いろいろな意味で使われています。「好きだ」という意味で「愛している」と言うこともある。しかし、啓造は、「好き」という感情と「愛」とは違うと考えています。啓造はクリスチャンではありませんが、聖書でも「愛」と「好き」とはイコールではない。

新約聖書はギリシヤ語で書かれています。そのギリシヤ語には、「愛」に相当する言葉が四つある。一つは、「好き」というのと一番近いのですが、「エロース」です。男女間の恋愛感情は、この「エロース」。二つ目は「ストルゲー」といって、親子間や兄弟姉妹間の愛です。三つ目は「フィリア」。友情（友人間の愛）ですね。「フィリア」には、やりもらい（ギブ・アンド・テイク）の行為が伴います。そして、四つ目は「アガペー」。神の愛は、この「アガペー」です。報いを求めない愛、無償の愛です。聖書は、このアガペーの愛で互いに愛し合うように教えています。見返りを求めて誰かに何かをするというのは、アガペーではありません。ましてや、アガペーは、単に「好きだ」ということではない。

啓造は、洞爺丸に乗っていた宣教師のことを思い出します。そして、「自分の命を相手にやること」が愛なのだ、と膝を打ちます。そうすると、当然、〈どうして、あんなことができたんだろう〉という思いになるわけです。「おれにはできない」「あの宣教師のまねはできない」と書かれています。自分にはできないことが、あの宣教師にはできた。それは、なぜか。あの宣教師は、単なるスローガンではない「もっと大事な何か」「もっと命のあるもの」を知っていたからこそ、ああいうことができたんだ、と啓造は思います。そして、その「もっと大事な何か」「もっと命のあるもの」を知りたかったと書かれている。「もっと大事な何か」「もっと命のあるもの」とは何だと思いますか。それは神です。愛なる神です。聖書には「神は愛である」と書かれています（ヨハネの第一の手紙四章八、一六節）。アガペーの愛、相手に見返りを求めない愛は神から出ている、と聖書は教えています（ヨハネの第一の手紙四章七節）。この愛は人間がもっているものではない。また、努力によって手に入れられるものでもない。神の愛を知っている人、神の愛で満たされている人が、ほかの人のことをアガペーの愛で愛することができるのです。洞爺丸の宣教師は、愛なる神を知っていた。神であるイエス・キリストが人間の姿をとって、この世に来てくださり、私たちの罪のために十字架にかかって死んでくださった。これは、まさに愛ですよね。この愛を知っているからこそ、自分も、そういう愛で人を愛することができる。これが大事なポイントです。十字架に示された神の愛をしっかりと受けとめ、「神様。私にアガペーの愛を与えてください」と祈りながら生きるときに、私たちは愛の人に変えられていきます。

啓造と夏枝の口論

「淵」の章で啓造と夏枝は口論になります。ついに、夏枝は、心にためていた思いを口にします。「あなた！　何で陽子なんか引きとりましたの」。夏枝も啓造も、心にためていた思いをぶちまけ合う。しかし、そのことで問題が解決したでしょうか。そうではない。言いたいことを言った啓造の心には「ただ孤独だけがあった」と書かれています。心の底にあるものをぶちまけて得られたものは、自分たち夫婦が「他人よりも遠い二人」であるという悲しい認識でした。

それでは、私たちは、どうしたらいいのか。言いたいことを言えばよいというのでないとしたら、どうすればいいのか。このことを考えるときの鍵になるのが次の箇所です。


夏枝がガックリと手をついた。

「お許しになって!」

啓造はだまって夏枝を見おろした。

「でも、でも……村井さんとは、あなたのご想像になるような、そんなことは一度だって……」

夏枝は激しく首をふった。

啓造はふたたびひざをついた。

「信じられないね。わたしには」

「信じることはできないね」

啓造はくり返していった。

（「淵」）

夏枝が赦しを請うているのに、啓造は夏枝を赦そうとしない。また、「村井さんとは、あなたのご想像になるような、そんなことは一度だって（ありませんでした）」という妻の言葉を信じることができない。もし、ここで夏枝を心から赦すことができたなら、どうだったでしょうか。もし、〈村井との間に肉体関係はなかった〉という夏枝の言葉を信じることができたなら、どうだったでしょうか。いったん崩れた夫婦の関係を、二人で心を合わせて立て直すことができたのではないだろうか。しかし、啓造は、夏枝を赦すことも信じることもできなかった。

三浦綾子さんが『氷点』で訴えたかったのは、〈人間は誰もが罪深い存在であり、神に赦されなければならない存在なのだ〉ということです。「罪」というのは、ものを盗んだり人を殺したり道徳的に悪いことをしたりといったことだけではありません。根本的には、神の方を向いていない生き方のことを「罪」と言います。新約聖書はギリシヤ語で書かれましたが、ギリシヤ語の「罪」（ハマルティア）とは「的外れ」ということを表します。神という「的」から外れた生き方が「罪」なんですね。盗み、殺人、道徳的な悪、憎しみ、嫉妬、これらは全て、的外れな生き方がもたらすものです。人を不幸にさせる、その原因は罪です。

人は皆、罪ある存在です。だから、まずは、神に赦されなければならない。聖書には、「罪の支払う報酬は死である」（ローマ人への手紙六章二三節）とあります。つまり、罪を犯したら死ぬということです。ここでの「死」とは神から断絶されることです。魂が神から切り離され、肉体も滅び、そのあと地獄に行く。これが「死」です。

しかし、自分が罪ある存在だということを認めて、この自分の罪のために身代わりに十字架にかかってくださったイエス・キリストを信じるなら、罪の赦しを得ることができる。

自分の罪を認め、神の赦しを体験すると、どうなるか。自分が神から赦されたことを実感している人は、誰かが自分に対して悪いことをしたり言ったりしても、その人を赦すことができます。なぜ赦せるのかというと、自分も神と人に赦されなければならない存在だということを知っているからです。自分の罪深さが分かっていれば分かっているほど、また、神に赦されたことの素晴らしさ――クリスチャンの言い方だと〈神に赦されたことの恵み〉――が分かっていれば分かっているほど、人を赦せるのです。神に赦され、また人間同士、互いに赦し合ってこそ、私たちは幸せに生きていけます。

「自分は悪くない」と思っている人は、ほかの人のことを赦せない傾向があります。ふだんの生活のことを考えてみても、何かトラブルが起きて、私たちが相手を責めるとき、「自分は悪くない」と思っていませんか。

啓造と夏枝は、互いに相手を責めています。赦し合うことができません。啓造は、自分を裏切って村井に心を傾けた夏枝を赦すことができない。夏枝も、卑劣なやり方で自分を苦しめた啓造を赦すことができない。啓造も夏枝も、自分は大して悪いことをしていないと思っています。そこが問題なんですね。まずは、自分だって赦されなければならない存在だということを知る必要がある。そうでないと、良い人間関係を築いていくことができません。

夏枝は、村井の口づけを受けたときのことを啓造に説明します。夏枝のまなざしに嘘《うそ》は感じられません。夏枝と村井の間に肉体関係があったものと思い込んできた啓造は、「ほんとうかね、それは」と念をおします。夏枝は、「ほんとうですわ」と答える。この答えを聞いた啓造は、「夏枝の言葉がほんとうなら、おれは何のために長いこと苦しんだのだろう？　何のために陽子を育てさせたのだろう」と思います。誤解というのは恐ろしいですね。

夏枝は、涙ぐんで、「わたくし、犯人の娘を育てさせられるほど、悪いことはしませんわ」と言います。それに対して、啓造が、「だがね夏枝。お前が村井と二人っきりで話をしていた間に、ルリ子は殺されたんだ。それに、お前は体さえ結ばれなければ、何をしてもいいと思っているようだがね。他の男と心が結ばれるということは、それ以上のわたしへの裏切りだとは思わな……」と言ったときに、徹がガラリとふすまを開けました。

啓造が言っていることは正論ですよ。肉体関係さえなければいいのかというと、そんなことはないわけです。聖書にも、心のあり方が大切だと書かれています。しかし、啓造が正論を振りかざして夏枝を責めても、問題の解決にはなりません。

ふすまを隔てて両親のやりとりをこっそりと聞いていた徹は、「憎しみに満ちた視線」を二人に投げかけます。「申し分のない家庭のはずであった」のに、実際は恐ろしい家庭だった。このことに深く傷ついた徹は両親を憎みます。そして、自分が大学を出たら、かわいそうな陽子と結婚する、と言い出す。

後日、啓造は自分の愚かさを悔い、「復讐しようとして、一番復讐されたのは自分自身ではなかったか」と思います。

復讐すればスカッとすると思いがちです。しかし、そんなことはない。復讐は、ほかの人（復讐の相手やその周囲の人）だけでなく自分自身にも不幸をもたらしてしまう。このことを、よく覚えておきましょう。「あいつに復讐したい」「あの人に仕返しをしてやりたい」と思うことがあるかもしれませんけれども、そういうときには今の話を思い出してください。復讐しないで、赦しましょう。「赦す」というのは、分かりやすく言うと、相手を責めないことです。面と向かって責めることをしないというだけではなく、心の中でも責めないことです。

ただ、赦すということは、人間の力では、なかなか難しいんですよね。ちょっとしたことだったら赦せるだろうけれども、どんなことでも赦すという力は人間にはない。それでは、人を赦せないとき、どうしたらいいか。罪深い自分を赦してくださった神の愛を思うことです。そして、神の前で、「自分の力では、あの人を赦すことができません。あの人を赦せるようにしてください。赦す力を、愛を与えてください」と祈るのです。神の愛で心が満たされるときに、自分の力では赦せない人のことを赦せるようになります。

啓造は、夏枝を赦さずに復讐したことの過ちを悔やみます。しかし、それで夏枝を赦せるようになったわけではない。神の方に目を向けない啓造の葛藤・苦しみは続きます。三浦綾子さんが読者に伝えたかったのは、神を信じるところにこそ幸せがあるということです。

第五回　「答辞」〜「赤い花」

陽子のスピーチ

陽子は、中学校の卒業式で、卒業生総代として答辞を読むことになりました。しかし、夏枝は陽子に答辞を読ませまいとして、陽子の書いた答辞を白紙にすりかえます。卒業式で答辞を読もうとした陽子は驚きますが、落ち着いた足どりで壇上に登りました。そして、答辞の奉書紙が白紙であったことを述べ、自分の不注意を詫《わ》びてから、感動的なスピーチをします。

そのスピーチの中で、陽子は、答辞すりかえ事件をとおして学んだことを三つ話しています。

一つ目は、〈人生には、全く予期しない突然の出来事が幾度もある〉ということ。いつ何があるか分からないのが人生です。〈全く予期しない突然の出来事〉というのは、悪いこともあるでしょうし、良いこともあるでしょう。

二つ目は、〈自分の予定どおりにできない場合は、予定したことに執着しなくてもよい〉ということです。予期しない、マイナスに見える出来事が私たちの人生に起きたとしても、予定や計画にこだわらず、一所懸命に生きていくことが大切です。

陽子が学んだことの三つ目は、〈「雲の上には、いつも太陽が輝いている」ということを忘れずに生きることの大切さ〉です。三浦綾子さんにとって、「雲の上には、いつも太陽が輝いている」という言葉の「太陽」とは神のことです（『道ありき』五十六）。いろいろな困難や苦しみがあっても、神の愛は、いつも私たちに注がれている。このことを忘れずに生きていきましょう、というのが綾子さんのメッセージです。

スピーチ後の陽子

陽子のスピーチが終わると、嵐のような拍手が起こりました。答辞に対して拍手をしないというのが慣例でしたが、満場の拍手が陽子に送られました。

陽子のスピーチは人々に深い感動を与えましたが、陽子は「世のすべてから捨てられたような、深いしんとした淋しさ」を感じます。しかし、陽子は次のように思います。

わたしを産んだおかあさんがもし、こんなことをするのなら悲しいけれど、そうじゃないんだもの。わたしは石にかじりついても、ひねくれないわ。こんなことぐらいで人を恨んで、自分の心をよごしたくないわ
（「答辞」）

たしかに、相手がたとえ悪い人であっても、人を恨んだら自分の心が乱され、よごれてしまいます。だから、人を恨むようことはしないほうがいい。しかし、陽子の気持ちの裏には何があるのか。ここが大事なポイントです。『氷点』の最後のほうで、陽子は遺書を書き、自殺を図ります。その遺書の中に、「今まで、どんなにつらい時でも、じっと耐えることができましたのは、自分は決して悪くはないのだ、自分は正しいのだ、無垢《むく》なのだという思いに支えられていたからでした」と書かれています（「遺書」）。そういう気持ちに基づいて、陽子は、〈自分の心をよごしたくない〉〈この正しいあり方を崩したくない〉と思っている。ここに傲慢さがあるんですね。〈自分は悪くない。自分は正しい〉という気持ちが陽子自身を悲惨な方向に追いやってしまう。

陽子は、人間的な目で見れば、じつに素晴らしいんですよ。しかし、神の前では、じつ

に傲慢なのです。神の前で正しい人は一人もいません。人間は皆、生まれながらに罪ある存在であり、イエス・キリストの十字架を信じる、その信仰によって「義」（正しい）と認められる、というのが聖書の教えです。もちろん、人をねたんだり恨んだりしないほうがいい。けれども、〈自分は正しいから、そうしたくない〉と考えるのは問題なんですね。そういう考えは自分を苦しめてしまう。陽子を自殺に追いやったのも、「自分は決して悪くはないのだ、自分は正しいのだ、無垢なのだという思い」です。このことについては第七回で詳しくお話しします。

かけがえのない大切な存在

陽子は高校一年生、徹は北海道大学の二年生になりました。

「千島から松」の章に、「陽子は時々さびしくなった」とあります。どうして、さびしくなったのでしょうか。陽子の気持ちは次のように書かれています。

（どんな事情があって、わたしの親は人手にわたしをやってしまったのだろう。わたしは親にとってさえ、かけがえのない大切な存在ではなかったのだろうか）

そう考えると、どんなに一所懸命に生きてみても、その自分を愛してくれる人はいないように思えた。

（「千島から松」）

陽子は、このように考えて、時々さびしさを感じるようになったんですね。

自分が「かけがえのない大切な存在」として愛されているという実感がないところに、さびしさが生じます。陽子には、「どう考えても自分の存在が祝福されているようには思えない」のですね。陽子は、「この世で、わたしをかけがえのないものとして愛してくれる人がいるだろうか」と思います。

ここで大事なことは、誰が愛してくれなくても、自分を「かけがえのないものとして愛してくれる」神がおられるということです。このことを三浦綾子さんは言いたかったのだと思います。仮に親が愛してくれなくても、恋人に裏切られても、神は、これ以上ないという大きな愛で私たち一人一人を愛してくださっています。この神の愛をはっきりと示しているのがイエス・キリストの十字架です。神が私たちをどれくらい愛しているのか。ご自分の命を十字架で犠牲にされるほど、私たちを愛してくださっているんですね。それほどの愛で、私たちを罪の中から救おう、私たちを幸せにしようとされている。

この自分だけではなく、ほかの人も、そういう大きな愛で愛されています。自分にとって憎たらしいあの人も、周りの人たちに迷惑をかけ続けているあの人も、神にとっては「かけがえのない大切な存在」なのです。だから、私たちは、自分のことも、ほかの人のことも大事にしなくてはなりません。

さて、陽子が、「かけがえのない大切な存在」として誰かに愛されているという実感をもてずに、さびしさを感じていたとき、徹の友人、北原邦雄と出会います。徹は、北原に陽子を託そうと思い、旭川の家に招待したのです。

暑い日曜の午後、陽子は、家のそばの林の中で小説『嵐が丘』を読んでいました。陽子は『嵐が丘』の主人公ヒースクリッフに共感します。ヒースクリッフは捨て子で、生みの親を知りません。そして、兄妹のようにして育ったキャザリンを、彼女が人妻になったあとも思い続けます。


〈親に捨てられた子は、ヒースクリッフのように、両手をさしのべていつまでもいつまでも自分の愛するものを、〈ただひとつのもの、かけがえのないもの〉として追い求めずにはいられないんだわ。自分が親にとってさえ、かけがえのない者ではなかったという絶望が、こんなに激しく愛する者に執着するんだわ）
読みながら陽子は、自分もまた、激しく人を愛したいと思っていた。そして愛されたいと思っていた。

（「千島から松」）

ここにも、「かけがえのないもの」というキーワードが繰り返し出てきていますね。「陽子は、自分もまた、激しく人を愛したいと思っていた。そして愛されたいと思っていた」とある。陽子は、人を「かけがえのない存在」として愛し、人からも「かけがえのない存在」として愛されたい、と思います。そういう思いを抱いていたときに、北原が現れます。北原は、本を読んでいる陽子の横顔をじっと見つめていたのでした。

北原は、千島生まれで、四歳のときに北海道にやって来ました。母親は早くに千島で亡くなっています。「生みの母を知らぬ陽子には、母のない北原が急に近い存在に思われた」とあります。陽子は生みの母を知らない。北原の母親は亡くなっている。それで、陽子は北原に親近感をおぼえるわけです。

人間には、「かけがえのない存在」として誰かを愛したい、「かけがえのない存在」として誰かに愛されたい、という気持ちがある。その気持ち自体は悪くない。しかし、「かけがえのない存在」として自分を愛してくれと人に対して求めるところに不幸があります。人間の心は変わりやすいものです。人間は完全な愛をもっていません。だから、「かけがえのない存在」として人に愛されたいと思うと、失望や嫉妬など様々なマイナスの感情が生じ、悲劇が起きてしまう。そもそも、人間に完全な愛を期待することが無理なのです。本当の愛は神から受けるものであって、人間から受けるものではありません。

どんなに惨めな存在であっても、どれほど悪いことをしたとしても、神は私たち一人一人を「かけがえのない大切な存在」として愛してくださっています。人間の愛に希望をおいたら失望します。しかし、神の愛に信頼し、神の愛に希望をおくとき、私たちは失望することがありません。神の愛が心の支えとなって、力強い生き方、幸せな生き方ができます。

さて、ある夜、啓造が十時過ぎに仕事から帰ってきました。なぜ、遅くに帰ってきたのかというと、翌日に退院予定だった辻口病院の患者、正木次郎が自殺したからです。病院の屋上から飛び降りたんですね。正木は二十八歳の銀行員でした。正木の自殺の原因は、生きる目的が分からないということです。正木にとって、仕事は生きる目的にはならない。

なぜかというと、自分がいなくても職場（銀行）は何も困っていないからです。むしろ、自分がいない間に繁盛している。そういう職場・仕事に、正木は生きる目的を見いだせない。このことは存在価値の問題とつながっています。自分がやってきた仕事は機械にだってできる。あるいは、ほかの人でもできる。自分がしなくてはならないというものではない。一体、自分の存在価値はどこにあるのだろうか、ということですね。

正木は、自分の存在価値はゼロだと啓造に言った。ここで、正木は、人間にとっての根本的な問題を私たちに突きつけています。というより、三浦綾子さんが、この正木の話を書くことによって、私たちに問いかけているんですね。〈人間は、かけがえのない存在なのか〉〈人間の存在価値は、どこにあるのか〉という問いを発している。

人間は、かけがえのない、価値ある存在なのか否か。綾子さんの答えは、もちろん、YESです。なぜ、かけがえのない、価値ある存在なのか。それは、一人一人が偶然に生まれたのではなく、各人、やるべきこと（使命）を神から与えられて生まれてきたからです。綾子さんは、講演の中で、「神様は、使命を必ず与えて全部違った人に生まれさせたと思うんです。用も何もない人間をこの世に送りはしない。そんな無駄なことは神様はなさらないと思います」と語っています（『愛すること生きること』「むなしさの果てに」）。

私たちは、使命を行うために、一人一人が神から才能や長所を与えられています。それを生かして、神から任されたことをするわけです。自分の才能や長所を発揮して使命を果たしていくときに、生きがいを感じることができます。もし誰かから「お前なんか必要ない」と言われても、神は「私にとって、あなたは必要だよ」と言ってくださいます。

「大いなるものの意志」と、陽子の罪

北原が旭川を離れて三日目、陽子に北原から手紙が送られてきました。その手紙の中に「大いなるものの意志」という言葉がありました。自殺しようとした人が、死ねずに助かった。その事実に「大いなるものの意志」を感じる、と北原は書いたのです。この「大いなるものの意志」という言葉に陽子は目をとめます。

（大いなるものの意志とは何のことかしら？　神のことかしら）

若い陽子には、神という言葉が漠然としていた。神について考えたことはなかった。神を信じなければならないほど弱くはないと、陽子は思っていた。

（「千島から松」）

「神を信じなければならないほど弱くはない」という思いには、陽子の傲慢さ、人間についての無知が見てとれます。この思いこそが神の前では大きな罪なのです。自分を創《つく》り、十字架にかかるほどに愛してくださっている神を認めようとしない。神にとって、これほど胸を痛めることがあるでしょうか。

陽子だけでなく、「神を信じなければならないほど弱くはない」と思ったり言ったりする人が少なくない。そういう人はクリスチャンを弱い者として見ます。「弱いから神なんか信じるんだ。自分は弱くないから、神を信じる必要はない」などと言う。

しかし、人間は皆、弱いのです。不完全で弱い存在なのだから、それを素直に認めればいい。強がる必要はありません。神は、人間の弱さを受け入れて、愛してくださっています。その愛を感謝して生きるところに、積極的な生き方、力強い生き方があります。神の愛で満たされている人、その愛で人を愛していこうとしている人は強いですよ。マザー・テレサやマーティン・ルーサー・キングの生き方を考えれば分かります。自分の弱さを認め、愛なる神に助けを求めながら生きるところに、強さが生まれます。

陽子は、〈自分は正しい〉〈力強く生きていくんだ〉という思いが強すぎて、結局、自分を自殺に追いやってしまいます。〈人間は皆、誤りが多く、弱い存在である〉ということを神の前で認めることが大切です。

伝道者パウロは次のように書いています。

キリストの力がわたしに宿るように、むしろ、喜んで自分の弱さを誇ろう。だから、わたしはキリストのためならば、弱さと、侮辱と、危機と、迫害と、行き詰まりとに甘んじよう。なぜなら、わたしが弱い時にこそ、わたしは強いからである。

（新約聖書、コリント人への第二の手紙一二章九～一〇節）

「わたしが弱い時にこそ、わたしは強い」――これが神を信じる者の生き方です。自分の弱さを認め、へりくだって神に助けを求めるとき、神の大きな力が働きます。

第六回　「雪の香り」～「街角」

神の愛

啓造は、自分に「これが生きることだといえる生活がないことを感じ」て、聖書を手に取り、十年近く前の洞爺丸事故のときに見た宣教師のことを思います。そして、教会に行こうかと考えます。「このまま何かの病気で死ぬことがあれば、自分の一生は何と泥にまみれた一生だろう」「教会に行って、こんな愚かな醜い自分でも、なお真実に生きて行くことができるか牧師にきいてみようか」と思ったのです。

これは日曜日の夕方のことです。教会は日曜日の午前に礼拝が行われますが、午前の礼拝に加えて夕方にも礼拝をしている教会があります。啓造が向かった「六条十丁目のキリスト教会」（旭川六条教会。三浦夫妻の所属教会）でも日曜夕方の礼拝があった。啓造が教会堂を見上げると、十字架の下の明るく灯《とも》ったプラスチックの飾り窓に、「神はそのひとり子を賜ったほどに、この世を愛して下さった」と筆太に書いてありました。「神はそのひとり子を賜ったほどに、この世を愛して下さった」というのは聖書の言葉です。新約聖書、ヨハネによる福音書の三章一六節に書かれています。「ひとり子」というのはイエス・キリストのことです。「神はそのひとり子を」とあるので、イエス・キリストは神ではないのだろうと思ってしまうかもしれません。しかし、イエス・キリストは神です。イエス・キリストは神なのだけれども、私たちを救うために、神の座を捨て、人間の姿をとって地上に来られたのです。ヨハネによる福音書の三章一六節で「神はそのひとり子を」というときの「神」とは「父なる神」のことです（「父なる」の「なる」は、《〜である》という意味です）。

キリスト教では「三位一体」の神を信じています。「三位一体」とは何かというと、一つの三角形が三つの辺から成り立っているように、神は、「父なる神」と「子なる神」（イエス・キリスト）と「聖霊なる神」とで「おひとりの神」だということです。三角形の三辺のうち、どれか一つの辺が欠けたら三角形になりませんね。三つの辺が一つとなってはじめて三角形。そのように、神も、「父なる神」「子なる神」「聖霊なる神」という三者が一体となって、おひとりの神として存在しているのです。

「父なる神」とか「子なる神」とか言うと、親子関係を連想しますが、「父なる神」とイエス・キリストが親子だということではありません。父なる神とイエス・キリスト（子なる神）は、親子のような親密な関係にある。また、子が親の属性を受け継いでいるように、イエス・キリストも父なる神と同じ性質をもっている。そして、人となって来られたイエス・キリストは、その生涯において、子が親に従うように父なる神の意思に従った。そのようなわけで、「父なる神」「子なる神」という言い方をします。父なる神がイエス・キリストを生んだということではありません。このあたりは、難しい神学的な話になるのですが、〈イエス・キリストは神である〉ということがポイントです。

「神はそのひとり子を賜ったほどに、この世を愛して下さった」という聖句に戻りましょう。「賜った」というのは《与えてくださった》という意味です。父なる神は、かけがえのない存在であるイエス・キリストをこの世に送り、罪深い私たちの身代わりとして十字架にかけるほどに、「この世」つまり私たちを愛してくださった、ということです。この聖句を見た啓造は、自分を顧みて「神に愛されるには、あまりにも醜い」と思います。

あまりにも醜い存在、あまりにも罪深い存在を、神は愛するでしょうか。愛するのです。聖書は、そう教えています。どんなに悪いことをした人であっても、どんなに心が醜い人であっても、神は、その人を愛しています。神がその人を創造なさったからです。人が悪いことをしたり醜い思いをもったりすれば、神は悲しみますよ。しかし、その人を愛していることには変わりないのです。人間のことを考えてみればいい。親にとって自分の子どもは大切な存在ですね。子どもが非行に走ったら親は悲しみます。我が子を愛するがゆえに悲しむ。神も、私たちを愛するがゆえに、私たちの罪を悲しみ、その罪から私たちを助け出そうとされます。神を信じる生活、神の方を見る生活をしてほしいと願っておられるのです。

「神に愛されるには、あまりにも醜い」という考えは間違っています。神が嫌うのは、「自分は正しい」「自分は立派だ」という傲慢な考えです。神は、自分の心の醜さを知っている人を憐れみます。

「なくてはならぬもの」は何か

啓造は、教会の前に掲げられている「なくてはならぬもの」という説教の題に心を惹かれました。啓造が教会にやって来た日の夕拝（夕方の礼拝）のメッセージの題は「なくてはならぬもの」でした。啓造は、この題に心を惹かれつつ、なかなか教会に入れない。教会に入ることも家に帰ることもできずに、啓造は考えます。「なくてはならぬものとは何だろう？　おれにとって、なくてはならぬものとは何だろう」。こう考えながらも、結局、啓造は教会に入りそびれました。

人間にとって「なくてはならぬもの」って何でしょうね。皆さんにとって「なくてはならぬもの」とは何ですか。自分の人生にとって、これはどうしても必要だというものは何ですか。

じつは、「なくてはならぬもの」というのは聖書の言葉の一部です。聖書のどこに、どのように出てくるのか、見てみましょう。

一同が旅を続けているうちに、イエスがある村へはいられた。するとマルタという名の女がイエスを家に迎え入れた。この女にマリヤという妹がいたが、主の足もとにすわって、御言《みことば》に聞き入っていた。ところが、マルタは接待のことで忙がしくて心をとりみだし、イエスのところにきて言った、「主よ、妹がわたしだけに接待をさせているのを、なんともお思いになりませんか。わたしの手伝いをするように妹におっしゃってください」。主は答えて言われた、「マルタよ、マルタよ、あなたは多くのことに心を配って思いわずらっている。しかし、無くてならぬものは多くはない。いや、一つだけである。マリヤはその良い方《ほう》を選んだのだ。そしてそれは、彼女から取り去ってはならないものである」。

（新約聖書、ルカによる福音書一〇章三八〜四二節）

冒頭の「一同」というのは、イエス・キリストとその弟子たちです。イエス・キリストと弟子たちがマルタの家に迎え入れられたとき、マルタの妹マリヤ（イエスの母マリヤではありません）はイエスの話に聞き入っていました。ところが、お姉さんのマルタは、〈せっかくイエス様たちが来てくださったんだから、いろいろと接待をしなければならない〉と考えて、あれやこれやと忙しく立ち働いていたのです。マルタは、ついにキレました。そして、「主よ、妹がわたしだけに接待をさせているのを、なんともお思いになりませんか。わたしの手伝いをするように妹におっしゃってください」と文句を言い出しました。それに対して、イエス・キリストは、「あなたは多くのことに心を配って思いわずらっている。しかし、無くてならぬものは多くはない。いや、一つだけである」と答えたのです。

イエス・キリストは、人間にとって「無くてならぬもの」は一つだけだと言っている。

それでは、その唯一の「無くてならぬもの」とは何か。それはマリヤがしたことを考えれば分かります。マリヤは何をしたのか。マリヤはイエス・キリストの言葉に耳を傾けました。これこそが一番大事なことであり、イエス・キリストの言葉、神の言葉こそが「無くてならぬもの」なのだということです。

イエス・キリストの言葉に耳を傾けることが、なぜ、それほど大切なのか。聖書には「信仰は聞くことによるのであり、聞くことはキリストの言葉から来るのである」と書かれています（ローマ人への手紙一〇章一七節）。なぜ、イエス・キリストの言葉を聞くことが大切なのか。それは、そのことによって信仰が与えられるからです。「信仰」というのは、クリスチャンでない人に関して言えば、イエス・キリストを自分の救い主として信じることです。また、クリスチャンにとっては、聖書の言葉一つ一つを信じるということです。

神は、私たちがイエス・キリストを救い主として信じ、聖書の言葉を信じて生きるように願っておられます。信じるためには、まず、言葉・話を聞かなければなりませんね。聞かなければ、神がどういうことを言っているのかが分からないわけですから、聞くことが信仰の出発点になります。だから、イエス・キリストの言葉、神の言葉に耳を傾けることが最も大事なことなのです。

三浦綾子さんは、「なくてはならぬもの」という題で講演をしています。この講演の記録が『愛すること生きること』（三浦綾子、光文社）に載っています。綾子さんは、何が「なくてはならぬもの」だと考えていたのでしょうか。綾子さんにとって「なくてはならぬもの」は神への信仰だと言っています。

それでは、綾子さんにとっての「なくてはならぬもの」と、聖書が語っている「なくてはならぬもの」とは、同じでしょうか。同じですね。聖書では、神の言葉こそが「なくてはならぬもの」だと言っている。神の言葉を聞くことこそが大事だと語っている。先ほどお話ししたように、神の言葉を聞くことは信仰への道ですから、綾子さんが〈「なくてはならぬもの」は神への信仰である〉と言ったのも、聖書が語っていることと結局は同じことです。

写真事件

札幌の徹から辻口家に何枚かの写真が送られてきました。それらの写真の中に、北原が若い女性と仲よく写っている写真が二枚あった。夏枝は、「このかたが北原さんの恋人だという女性かしら」と言います。その言葉を聞いて、陽子は、写真の女性（じつは北原の妹）を北原の恋人だと思い込んでしまいます。

北原と女性が一緒に写っている一枚目の写真は、二人が楽しそうに笑いながら温室のベンチで話をしている写真でした。陽子は、その女性の横向きの顔を「正面にねじ向けたいような嫉妬を感じた」とあります。聖書に照らすと、ここに陽子の罪が表れています。聖書には、「愛は寛容であり、愛は情深《なさけぶか》い。また、ねたむことをしない」（コリント人への第一の手紙一三章四節）と書かれています。嫉妬・ねたみは愛（アガペーの愛）に反することなんですね。嫉妬・ねたみの感情から悪い行為につながります。心がもとになって、いろいろな行為が生じる。嫉妬から人を殺すというようなことがありますよね。だから、嫉妬という心の思い自体が罪なのです。

今回の「写真事件」（この名称は私がつけたもの）をとおして、三浦綾子さんは陽子の罪をしっかりと示している。陽子も罪ある人間だということを描いています。しかし、陽子は、写真事件をとおして自分の罪を自覚しません。ここに陽子の問題があります。

北原と女性が一緒に写っている二枚目の写真は、女性が北原の腕に軽く手をかけてポプラ並木を歩いている写真でした。

これら二枚の写真を見た陽子は、さびしさを感じます。陽子は、「お互いにかけがえのない存在でありたい」という大きな願いをもっていました。「自分が一筋であるように、北原も一筋であってほしかった」のですね。それなのに北原に恋人がいる、そのことがショックだったわけです。

陽子は、さびしいという気持ちを抱いただけではない。北原を赦せないという思いになります。

「嵐が丘」のあの激しい愛が陽子はほしかった。陽子は生まれてはじめて、人をゆるすことのできない思いにとらわれた。それは異性を愛することを知った少女の潔癖であった。恋のかけひきも何も知らない、体ごとぶつかって行きたいような、激しく、そして高貴といってよいほどの陽子の純な熱情であった。

（「写真」）

聖書の内容を知らない人がこの文章を読むと、三浦綾子さんは陽子の思いを肯定して書いているように思うかもしれません。つまり、〈陽子がこういう思いになったのは仕方なかった。「異性を愛することを知った少女の潔癖」から出た感情、「純な熱情」だったのだ〉

と、陽子の「人をゆるすことのできない思い」を肯定して書いているると受けとめるのではないでしょうか。しかし、聖書の教えから物事を考えている綾子さんの眼からすると、「人をゆるすことのできない思い」は罪なんですね。人を赦せないということがどんなに大変なことか、どれほど自分も相手も苦しめることになるのかは、啓造と夏枝のことでさんざん見てきました。綾子さんは、北原を赦せないという陽子の思いを肯定しているわけではありません。人間的には一見肯定されるような「少女の潔癖」や「純な熱情」が罪として表れてしまうという怖さがあります。陽子の嫉妬や、北原を赦せないという思いは、場合によっては大変なことにつながってしまう罪です。

北原は盲腸をこじらせて入院していました。一時は血圧が下がって危ない状態だった。しかし、陽子は北原に見舞い状一本も出しませんでした。そういう自分に驚いていたと書かれています。そして、「恋とは憎しみだろうか」と思う。恋と愛（特にアガペーの愛）とが違うものだということは、ここで、はっきり分かりますね。このことは、綾子さんの小説『ひつじが丘』でも強調されています。恋というのは憎しみになり得る。相手を憎んだり嫉妬したり赦せなかったりする。恋は、そのような悪い感情につながる場合が少なくない。しかし、聖書の教える愛（アガペーの愛）は悪い感情にはつながりません。

北原から手紙がこなくなっても、陽子の淋しさを支えているものがひとつあった。それは、

（北原さんは、わたしをうらぎったけれど、わたしはあの人をうらぎらなかった）

ということである。北原のことで陽子の良心が責められることはなかった。

（「街角」）

「陽子の淋しさを支えているもの」というのは、要するに、〈自分は正しい〉という思いです。そういう思いをもっているからこそ、「北原のことで陽子の良心が責められることはなかった」のです。

しかし、買い物をするために街に出た陽子は、写真の女性が北原の妹であることを知って愕然《がくぜん》とします。陽子は、夏枝の出まかせの言葉を信じて、北原のことを信頼しなかった。夏枝の言葉ではなく北原を信じればよかったんですね。北原を信じられなかった陽子に問題があったということです。ただし、夏枝の言葉を聞く前に、写真を見た陽子の心は傷ついていました。誤解したから傷ついたんですね。写真の女性が北原の妹だと知っていれば、大して心傷つくことはなかったでしょう。

陽子の気持ちは「自分は軽率だった」という程度のものです。しかし、陽子は、もっと深く考えるべきだった。〈私は、自分が思っていたような正しい存在ではないんだ。弱く、不完全な存在なんだ〉ということを、この写真事件をとおして知らなければならなかった。それなのに、「自分は軽率だった」というくらいで済ませてしまった。それが、のちの悲劇（自殺行為）につながります。

人は、いろいろなときに自分の姿を見せつけられます。「自分は、こんなに弱かったのか」とか「自己イメージと違うな」とか思うことがあるでしょう。そういうときに、自分としっかり向き合って、「自分は、どうしたらいいんだろう」「どうやって生きていったらいいんだろう」と問うことが大切です。

第七回　「ピアノ」〜「ねむり」

陽子の遺書

「ピアノ」の章に次のように書かれています。

夏枝は北原と陽子のことを喜べなかった。夏枝は北原から受けた屈辱を忘れられなかった。夏枝は陽子に嫉妬していた。

（「ピアノ」）

「北原から受けた屈辱」とは何のことでしょうか。夏枝は、北原を異性として意識して、札幌の喫茶店で「わたくしたち、何に見えるのでしょうか」と言いました。北原は、そういう夏枝に嫌悪感をおぼえて、中座したのでした（「雪の香り」）。夏枝は、そのときの屈辱を忘れられなかった。そして、北原と付き合っていた陽子に嫉妬していたわけです。夏枝は、ついに、北原と陽子の前で、陽子の出生の秘密をばらします。それを聞いた陽子は、三通の遺書（啓造・夏枝宛て、北原宛て、徹宛て）を残して自殺を図ります。

陽子は、啓造・夏枝への遺書の中で次のように書いています。

今まで、どんなにつらい時でも、じっと耐えることができましたのは、自分は決して悪くはないのだ、自分は正しいのだ、無垢なのだという思いに支えられていたからでした。

（「遺書」）

これを読んで、どう思いますか。三浦綾子さんは、「自分は決して悪くはないのだ、自分は正しいのだ、無垢なのだ」という陽子の思いを肯定していません。綾子さんは次のように書いています。

なんという傲慢なことばであろう。人の目には、どんなに正しい人間にみえようと、どんなに良い人間にみえようと、わたしたち人間は、こんな大言をはけるわけはないのである。この陽子の姿勢の中に、人間のもつ原罪を書いてみたいと思ったのである。

（「原罪とはなにか？」『こころの友』一九六九年十月号、一面）

「この陽子の姿勢」というのは、〈自分は正しい〉と考える傲慢な姿勢のことです。自分を正しいとすることが罪のもとである、と綾子さんは言います。

「自分が正しい」と思うことすなわち、これが原罪のあらわれであろう。これこそが罪のもとなのだ。

すべての人間の心に根ぶかく巣食い、罪の根をはびこらせるもの、それは、自分こそは正しいと思い自分自身を神とすることにある。

（「原罪とはなにか？」）

陽子だけでなく、啓造や夏枝も〈自分は正しい〉と思っていた。だから、啓造は夏枝のことを裁き、夏枝は啓造のことを裁いたのです。愛すべき相手に〈ひどい人間だ〉とレッテルを貼って、憎んだり責めたりした。冷静に考えてみれば、自分だって人を責められるような存在ではない。自分も罪深い人間なのに、それを認めずに自分を正しいとする。これが傲慢であり、「罪のもと」なんですね。

綾子さんは、「遺書」の章をとおして、こういうことを伝えたかった。この章の内容こそ、綾子さんが『氷点』の中で一番書きたかったことであり、最初に執筆した部分です。

陽子は、「自分は決して悪くはないのだ、自分は正しいのだ、無垢なのだという思い」に支えられて生きてきた。しかし、殺人犯の子であるということを聞かされて、「自分の中の罪の可能性」に気づき、生きる望みを失いました。啓造・夏枝宛ての遺書の中に「一途に精いっぱい生きて来た陽子の心にも、氷点があったのだ」と書かれています。「氷点」というのは、零度、水が凍る温度です。陽子の「氷点」、つまり、陽子の心を凍らせたものの、陽子を絶望させたものは、自分が「罪人の子」である（罪を犯す性質を受け継いでいる）ということでした。「自分の中の罪の可能性」に気づいた以上、もう生きていけない、と陽子は思った。人によって様々な「氷点」があるでしょうが、陽子の「氷点」は、こういうものでした。

「自分の中の罪の可能性を見いだした」というのは、実際に自分の罪深さを現実問題として認識しているということではありません。陽子は、現実の何かの出来事をとおして、自分の内面を見つめ、〈私は罪深いなあ〉と深く認識しているわけではない。殺人者の娘であると聞かされて、自分も罪を犯す可能性がある、そういう悪が自分の中にあると気づいただけです。

しかし、そのことに気づいて、あまりにも潔癖だった陽子は絶望するんですね。そして、汚い自分を認めたくない、もう生きていけないと思う。陽子は、北原宛ての遺書の中で、こう書いています。「自分の中に一滴の悪も見たくなかった生意気な私は、罪ある者であるという事実に耐えて生きては行けなくなったのです。私はいやです。自分のみにくさを少しでも認めるのがいやなのです。みにくい自分がいやなのです」。自分の中に罪（の可能性）があるということを素直に認めればいい。しかし、陽子は、聖書が語っている神をまだ知らないということもあって、自分の罪を素直に認めることができません。じつは、この陽子の姿勢が傲慢なんですね。

陽子は、啓造・夏枝宛ての遺書の最後に、「何だか、私は今までこんなに素直に、こんなへりくだった気持ちになったことがないように思います」と書いています。陽子は、この遺書を書いているとき、どういう意味で、素直でへりくだった気持ちになったと思っているのでしょうか。次の文章を見てみましょう。

おとうさん、おかあさん、どうかルリ子姉さんを殺した父をおゆるし下さい。今、こう書いた瞬間、「ゆるし」という言葉にハッとするような思いでした。私は今まで、こんなに人にゆるしてほしいと思ったことはありませんでした。けれども、今、「ゆるし」がほしいのです。おとうさまに、おかあさまに、世界のすべての人々に。私の血の中を流れる罪を、ハッキリと「ゆるす」と言ってくれる権威あるものがほしいのです。

（「遺書」）

陽子は赦しを求めるようになりました。それまでは、自分は正しいと思って、強い気持ちで生きてきたわけですね。しかし、罪（の可能性）に気づいて、赦してほしいと思うようになった。陽子は、このことを、素直でへりくだった気持ちになったと思っている。それまでは、誰かに罪を赦してほしいと深く思ったことはなかった。写真事件で北原を誤解してしまった、その過ちを赦してほしいと思ったことはありましたけれどもね。

それでは、「私の血の中を流れる罪を、ハッキリと『ゆるす』と言ってくれる権威あるもの」とは何なのか。それは聖書で言う神です。神は、イエス・キリストの十字架のゆえに、私たちを赦してくださる。陽子は、『続 氷点』の末尾で、この神を信じます。しかし、陽子は、遺書を書いた時点で、罪を赦してくださる神を知りませんでした。だから、絶望するしかなかった。

陽子は、遺書を書いているとき、本当に謙遜だったのでしょうか。たしかに、罪を赦してほしいという思いにはなっている。しかし、醜い自分に耐えられないから自殺するというのは傲慢なのです。

北原宛ての遺書の中に次のように書かれています。

北原さん、今はもう、私が誰の娘であるかということは問題ではありません。たとえ、殺人犯の娘でないとしても、父方の親、またその親、母方の親、そのまた親とたぐっていけば、悪いことをした人が一人や二人必ずいることでしょう。

（「遺書」）

殺人犯の娘でないとしても、自分が人間である以上、罪を犯す可能性がある、そういう血が自分の中に流れているということを、陽子は直観しました。陽子は罪に対する感覚が鋭い。〈法律に反するようなことをしなければいいだろう。自分は大して罪深くはない〉というような感覚をもっている人には、陽子の気持ちは理解しにくいでしょう。陽子は、法に触れるとか触れないとかではなくて、自分の存在自体が罪の性質を帯びているということを敏感にキャッチしたんですね。

罪に対する意識が鋭いということは大切です。しかし、〈罪を認めたくない。罪を認めるくらいなら、死ぬほうがマシだ〉という考え方は傲慢です。また、神から与えられた命を自分で絶ってしまおうとするのも大きな罪です。陽子は、人の目から見たら素晴らしい人間ですが、自殺を図る前の生き方も傲慢であったし、自殺を図ったのも傲慢な考えから出たことだったのです。

陽子は川原で睡眠薬を飲みます。「もし、苦しんで罪が消えるものならば、どんなに苦しんでもいい」と書かれています。人は、苦しむことによって、自分や他者の罪を消し去ることができるのでしょうか。苦しめば罪が消えるのでしょうか。そうではない。罪ある者がいくら苦しんでも、それによって罪が消えるわけではありません。また、人間がいくら良い行いをしたところで、その善行によって罪の問題が解決されるわけでもない。イエス・キリストの十字架を信じることによってのみ、罪は赦され、消し去られます。

陽子の出生の真相

自殺を図った陽子が発見されて昏睡《こんすい》状態に陥っているとき、高木と北原がやって来ます。高木は北原に連れられて、札幌から駆けつけたのです。高木は、昏睡状態の陽子の前で真実を打ち明けます。つまり、陽子は佐石の娘ではなく、北海道大学の学生だった中川光夫と人妻の三井恵子との間に生まれた子であるということです。

戦時中、三井恵子の夫が戦争に行っているとき、実家に帰っていた恵子は、そこに下宿していた中川と恋愛関係に陥りました。そして、もうすぐ夫が帰るのではないかというときに、妊娠したことが分かる。それで、中川と恵子は、高木のところに相談に行ったわけです。まだ姦通罪《かんつうざい》のある時代でした。人妻が夫以外の男と肉体関係をもつことは法律で許されていなかった。また、堕胎（お腹の中の赤ちゃんをおろすこと）も懲役になる時代でした。中川と恵子から相談を受けた高木は、恵子を、知り合いの産院の離れにこっそりと五か月いさせて、それで生まれたのが陽子だったのです。中川は、陽子が生まれる半月前に心臓麻痺で亡くなりました。

高木は、陽子を、佐石の子だと言って啓造に渡しました。なぜ、そういう嘘をついたのでしょうか。高木は夏枝に思いを寄せていた。だから、夏枝に佐石の子を育てさせるのは、しのびなかった。それで、陽子を佐石の子と偽って啓造に渡したんですね。

陽子が佐石の子でなかったことを知った夏枝は、「ゆるして、陽子ちゃん」と叫びます。辰子は夏枝を部屋から連れ出そうとしますが、夏枝は陽子のふとんにしがみついて泣きました。

啓造は、「おれも佐石も、夏枝も村井も、高木も、そして中川光夫も三井恵子も、みんなで陽子をここまで追いやったことになる」と思います。そして、「人間の存在そのものが、お互いに思いがけないほど深く、かかわり合い、傷つけ合っていることに、今さらのように啓造はおそれを感じた」のです。三浦綾子さんが言いたいのは、〈人間は、「お互いに思いがけないほど深く、かかわり合い、傷つけ合っている」からこそ、互いに赦し合わなければならない〉ということです。綾子さんは、このことを訴えたいのです。自分も赦されなければならないように、人のことも赦さねばならない。

啓造は、心の中で、「おれさえ、最初から夏枝をゆるしていたら、こんなことにはならなかった」と思います。啓造は、夏枝の気持ちが村井に傾いたことを赦せなかった。そういう啓造の心情も無理はないと思う人がいるかもしれない。しかし、夏枝を赦せなかったために、とんでもない不幸なことになってしまった。啓造も苦しんだ。夏枝も苦しんだ。そして、陽子も苦しんで、自殺を図った。赦さなかったというところに不幸の始まりがあったんですね。だから、聖書は、人を赦しなさいと教えているわけです。

陽子は、昏睡状態のまま三日目になりました。その三日目の夜、看護婦が四時間ごとの肺炎予防のペニシリンを打ったところ、陽子の顔が苦しそうにゆがみました。「助かるかも知れない」と思った啓造が陽子の脈をみると、微弱ながらも正確な脈でした。このように、陽子は助かりそうだということを暗示して、『氷点』は終わります。

第Ⅱ部　『続 氷点』を読む

第一回「吹雪のあと」～「サロベツ原野」

『続 氷点』は、『朝日新聞』（朝刊）に一九七〇年五月十二日から翌年五月十日まで連載され、連載終了の二週後（五月二十五日）に朝日新聞社から単行本として刊行されました。『氷点』の続編として全く遜色のない名作です。

今回は、三浦綾子さんが『続 氷点』を書いた理由をお話ししたのち、『続 氷点』の最初の章から読んでいきます。

『続 氷点』執筆の理由

『氷点』を書き終えた直後の綾子さんには、続編を執筆する予定はありませんでした。その綾子さんが『続 氷点』を書いた最大の理由は、陽子が助かるようだという『氷点』の結末に不満をもった女子高校生の自殺にありました。この死にショックを受けた綾子さんは、なぜ陽子を死なせなかったのか、その理由を書かなければならないと思った。それで『続 氷点』を書いたのです（「続・氷点を書き終えて」『こころの友』一九七一年八月号）。綾子さんは、なぜ、陽子を死なせなかったのでしょうか。陽子は、自分が罪ある者だということに気づき、絶望して、自殺を図りました。しかし、その、陽子を絶望させた罪のためにイエス・キリストが身代わりに死んで、罪の問題を解決してくださったのだということを、綾子さんは陽子（神を信じていない人々）に知らせたかった。だから、陽子を死なせなかったのです。

出生の真相を知らされた陽子

『氷点』の最終章で自殺を図った陽子は、早くに発見され、一命をとりとめます（『続 氷点』「吹雪のあと」）。陽子が昏睡状態から目覚めて一週間ほど経ったある日、啓造と夏枝は陽子の部屋に行き、陽子の出生について話しました。佐石の娘ではなく、中川光夫と三井恵子の子であることを知らせたのです。陽子は「それじゃ、この人たち（竹林注・光夫と恵子）は、戦争に行っている人を裏切ったのね、おとうさん」と言います。

後日、辻口家を訪ねてきた辰子が「陽子ちゃん、あんた、もしかしたら、小樽のおかあさん（竹林注・恵子）に会いたいんじゃないの」と言ったとき、陽子は、「会いたくない」と答えます。生みの母親を拒絶するんですね。人生経験の豊かな辰子は、「人間て弱いもんだからねえ。あちらのおかあさんのことも、一概に責めることはできないのよ」と陽子に言います。しかし、陽子は辰子の言葉を受け入れることができません。

陽子は、あとになって、辰子の言葉が分かるようになります。自分自身の弱さ・醜さをしっかりと認識できるようになったときに、恵子のことを理解し、赦せるようになる。陽子は、まだ、自分の弱さ・醜さに正面から向き合っていません。自分の弱さ・醜さを深く認識していない。だから、恵子を赦すことができない。責めてしまうのです。

辰子は、いろいろな人生経験の中で人間の弱さを知っていたので、「人間て弱いもんだからねえ。あちらのおかあさんのことも、一概に責めることはできないのよ」と言ったのです。こういう辰子の見方は大事だと思います。人間は互いに赦し合わなければならない、弱くて罪深い存在です。

しかし、それにしても、陽子の生まれ方は、重い問題として陽子の上にのしかかります。三浦綾子さんは、陽子の心の悲しみ・つらさを書くことによって、「一人の人間が、人を裏切って、命を生んだ時、生まれた人間はどんなに辛い思いの中に生きなければならないか」ということを伝えたかったのです（「続・氷点を書き終えて」『こころの友』一九七一年八月号）。綾子さんの周りにいる、陽子に似た出生の人たちの悲しみを代弁したかったということです。

罪と赦し

啓造は辰子に、「とにかく参ったな。陽子の件には」と言います。「どういうふうに参ったの」という辰子の言葉に、啓造は、「陽子は書き置きに、罪ということを書いていたでしょう」と答えます。「書き置き」というのは、『氷点』正編の最後で陽子が自殺を図ったときの遺書です。啓造は、陽子がまだ罪の問題の中にいることを知っていて、その問題の解決は容易ではないと思っているわけです。陽子は、自分が罪ある存在だということに気づいて、自殺を図りました。さいわいにして陽子は助かりましたが、陽子にとって罪の問題がなくなったわけではない。重い問題として残っています。

啓造は自分のことにも目を向けて、こう言います。「あの子は書いていましたねえ。ゆるしが欲しいと。わたしもね辰子さん。この頃よく、そう思うんですよ。ゆるしてほしいとね」。この言葉に啓造の成長が見てとれますね。

それでは、啓造は、どういうことについて「ゆるしてほしい」と思っているのでしょうか。啓造は、夏枝に対する復讐のために陽子を引きとったことによって、夏枝も陽子も徹も苦しませた。そのことを赦してほしいと思っているんでしょうね。

しかし、その啓造に辰子は言います。「ゆるすって、人間にできることかしら?」。夏枝が啓造を赦すとします。それで問題は解決するのか。啓造と夏枝が陽子に謝って、陽子が二人を赦せば、問題は解決するのか。そもそも、人間が赦すというのは、どういうことなのか。人間による赦しは、本当に「赦し」と言えるのか。「ゆるすって、人間にできることかしら?」という辰子の言葉は、そういうことを私たちに問いかけてきます。のちに、陽子が同じ問題を考えることになります。

三浦綾子さんは、辰子の言葉をとおして、人間同士が互いの過ちを赦し合うだけでは事は済まないと語っているのです。罪というのは、人間同士のことにとどまるものではなくて、神と人間との間のことでもある。というよりも、本質的には、罪の問題は神と人間との間の問題なのです。人間同士が赦し合ったとしても、それは、神の前では罪の解決になっていません。罪というのは、神に赦されなければならないものです。

罪と赦しの問題は、『続 氷点』を貫く重要な問題です。綾子さん自身が書いているように、

『氷点』正編のテーマは「原罪」であり、『続 氷点』のテーマは「赦し」です（『命ある限り』第八章）。言うまでもなく、罪と赦しは別々の問題ではありません。赦しの問題の前提として、罪の問題があるわけです。「赦し」というのは「罪の赦し」ですからね。陽子が実母を赦せるか。陽子自身、神の赦しを知ることができるか。これが『続 氷点』のポイントです。

無意識、希望

「延齢草」の章で、啓造は陽子を散歩に誘います。そして、二人は、林の中を歩き、陽子が自殺を図った川原の方へ行きます。

「陽子にはまだ、生きていてよかったという実感がなかった」と書かれています。また、陽子は、自殺を図ったとき、昏睡状態からの覚めぎわに見た「いい難くいやな夢」のことが気になっています。夏枝に鼻と口を押さえられて苦しむという夢です。陽子は啓造に、「夢っていったい何かしら」「夢って、自分の中にないものでも、夢になるのかしら」と言います。

陽子の問いに、啓造は無意識についての話をします。ふだん意識していない自分の姿が夢の中に現れるということです。陽子は、この話を聞いて、「自分の心の底にある、夏枝への憎しみが、あの夢を見せたのかも知れない。決して人を憎むことを知らないと思っていた自分の真の姿を、あの夢は見せてくれたのだ」と思います。

陽子は理性・意志が強い人ですから、憎しみの感情を抑えつけてきたのかもしれません。陽子は、人を憎む自分を受け入れることができない。これが陽子の問題です。〈自分も、憎しみを抱くことがある存在であり、完璧な人間ではないのだ〉ということを陽子は認めなければなりません。そして、そういう自分を受け入れなければならない。人間は、自分の醜さ・弱さを素直に認め、受け入れることができないから、自分自身を不幸にしてしまうのです。

陽子は啓造に「親切なつもりの自分に、意地悪の自分がひそんでいるかも知れないなんて、思っただけでもこわいわ」と言います。「かも知れない」とありますから、「親切なつもりの自分に、意地悪の自分がひそんでいる」ということを可能性として意識しているだけです。

しかし、陽子は、あとになって（『続 氷点』の最終章に至って）、自分の中に非情さがあることをはっきりと認識します。実母を激しく憎む（自分の非情さを認めざるを得ないほどに憎む〉、その自分の姿をとおして、自分でも認めたくない自分がいるということが明確に分かります。そして、この認識が神を信じる入り口になります。〈自分は完璧だ〉〈自分は悪くない〉と思っているかぎりは、神を求める気持ちにはなりません。

「親切なつもりの自分に、意地悪の自分がひそんでいるかも知れないなんて、思っただけでもこわいわ」と言う陽子に、啓造は言います。

「陽子、そう恐ろしがることはないよ。自分の中に未知数があるということは、同時に希望の持てることでもあるからね」

（「延齢草」）

無意識の中には悪い自分だけではなくて良い自分もいるかもしれないのだから、あまり怖がることはない、ということです。「希望？」と言う陽子に、啓造は深くうなずいて、「陽子には、何としてでも、希望を持って生きてもらわねばならない」と思います。また自殺でも図られたら大変だという気持ちですね。

人間の希望とは何でしょうか。「希望」ということを言ったり思ったりしている啓造にも、希望とは何なのかということは、はっきりと分かっていないだろうと思います。陽子を明るい方向に導かなければならないという思いで先ほどのように言っただけでしょう。

啓造自身は、どういう希望をもっているのか。「サロベツ原野」の章を見ると、不毛の地であるサロベツ原野のように「啓造は、自分もまた不毛の地のような気がした」とあります（なお、一口にサロベツ原野と言っても、季節と場所によっては、きれいな花が一面に咲いていることもあります）。「自分の心の中に、何が確実に実を結んでいるのか。そう問いただすと、何もないような気がした」とも書かれている。希望をもって確たる生き方をしているようには見えません。

聖書は、神に希望をおくようにと教えています。イスラエルの王であったダビデも、「主よ、今わたしは何を待ち望みましょう。わたしの望みはあなた（竹林注・神）にあります」（旧約聖書、詩篇三九篇七節）と言っています。神は、私たちの醜さや弱さを十分に知ったうえで私たちを愛し、力づけ、私たちの罪の罰を身代わりに十字架で受けて、天国への道を開いてくださいました。そして、神は、神を信じる者には全てのことが益となるようにしてくださいます（ローマ人への手紙八章二八節）。そういう神への期待（聖書の言葉に根拠づけられた期待）こそが、人を生かす希望なんですね。

三浦綾子さんは、先ほどの啓造と陽子のやりとりを書きながら、『続　氷点』の登場人物や私たち読者に、神にある希望をもってほしいと願っていたと思います。

第二回　「箸の音」～「草むら」

死について

辻口家で夏枝・陽子・村井の三人が話をしているところに啓造が帰って来ました。啓造は患者の臨終に立ち会った直後です。その患者は四十歳を過ぎたばかりの女性でした。夫が号泣しながら、亡くなった妻にしがみついて名を呼んでいた姿が、啓造の目に焼きついて離れません。

啓造たちは死について話します。「死って一体何だろうね。全くの絶望かね」という啓造の言葉に対して、夏枝は「それは絶望ですわ、あなた。死ねば何もかも終わりですもの」と言います。村井も夏枝に同調して、「そうでしょうね。死は全くの終わりですからね。灰と僅《わず》かな骨だけが残る。後は煙になってしまう。それが死ですよ」と言う。夏枝も村井も、死で全てが終わるという考えをもっています。しかし、啓造には、そういう考えが受け入れがたい。「そうかね。灰と骨しか残らないのが死かね」と疑問を呈します。この言葉に、村井と夏枝は、業績や思い出は残ると言う。そのあとのやりとりを読んでみましょう。

「夏枝、思い出や、名前が残るというだけでは困るんだよ。それはいわば、この世の問題だろう？　死んだ人間自体の、その死後の問題をわたしはいいたいんだがね。俗にいいますよね、地獄とか極楽とかね」

最後の言葉を、村井に話しかけるようにいった。

「地獄極楽ですかあ。そんな子供だましみたいなことはどうも……」

村井はうすら笑いを浮かべた。

「子供だましですかねえ」

地獄極楽という言葉には、現代では確かに見せ物小屋的な、低俗なひびきしか残っていないかも知れない。だがそれには「永遠の生命」や「罪」の問題を含んだ、深い思想があるはずだと、啓造は村井を見た。

（「バックミラー」）

三浦綾子さんは、この場面をとおして、「あなたは死後の問題を考えていますか?」と読者に問いかけているように思います。

聖書には、死後の問題について、どのように書かれているでしょうか。夏枝も村井も、死ねば全てが終わりだと言いました。しかし、聖書には、そう書かれていません。死によって全てが終わるのではないと書かれています。人間は死後に天国か地獄に行くということです。天国に行く人もいるし、地獄に行く人もいる。それでは、どういう人が天国に行き、どういう人が地獄に行くのでしょうか。その分かれ目は神への信仰があるか否かであると聖書は語っています。天国に行くか地獄に行くかということは、人生においてどのような行いをしたか(どういう良いことをしたか、どういう悪いことをしたか)ということとは全く関係がない。

それでは、神への信仰とは何でしょうか。神を信じるというのは、まず、神の存在を信じることです。目には見えなくても神は確かにいると信じることです。言うまでもないことですが、〈目に見えないから存在しない〉ということはありません。見えなくても存在しているものは沢山《たくさん》ありますからね。また、神を信じるとは、〈神であるイエス・キリストが人間の姿をとってこの世に来られ、十字架の上で私たちの罪の罰を身代わりに受けて死んでくださり、三日目に復活された。イエス・キリストの十字架のゆえに、私たちの罪は赦されて、死後には天国に入ることができる〉という「福音」（良い知らせ）を信じるということです。天国に行くか否かは、〈神の存在を信じ、福音を受け入れるか否か〉にかかっているわけです。

『続 氷点』は小説ですから、教会のメッセージ風の解説をつけてはいません。しかし、死についての啓造たちのやりとりをとおして三浦綾子さんが伝えたかったことは、今お話ししたようなことだと思います。だから、先ほど見たように、綾子さんは「地獄極楽という言葉には、現代では確かに見せ物小屋的な、低俗なひびきしか残っていないかも知れない。だがそれには『永遠の生命』や『罪』の問題を含んだ、深い思想があるはずだ」と書いているのです。私は、この「『永遠の生命』や『罪』の問題を含んだ、深い思想」の中身を解説したわけです。

綾子さんの願いは、自分の小説をとおして、できるだけ多くの人々に人生の諸問題について考えてもらい、そして神を信じてほしい、ということです。特に日本人は、聖書の内容を直接的に語られると引いてしまう傾向があります。だから、綾子さんは、あまり直接的でない形で、考えるべきことを考えさせようとしているんですね（ただし、これは小説においてのことであって、エッセイや講演ではメッセージをはっきりと語っています）。綾子さんは、小説ではそういう書き方をしている場合が多い。だから、気をつけて読まないと、大事なことを読みすごしてしまいます。ストーリーを追うだけではなくて、〈三浦綾子さんは何を伝えたいのか〉ということを考えながら読む必要があります。

潔癖な憤り

徹は、高木の母親の通夜で三井恵子（陽子の実母）に会いました。そして、恵子に陽子のことを話します。動揺した恵子は帰り道で交通事故を起こし、負傷します。恵子の運転していた車が、止まっていたトラックに衝突したのです。徹は、そのことについて責任を感じます。

「人を責める自分の心が、あの事故を引き起こしたのだ」と書かれています。人を責める思いが自分の中にある。そして、その思いが人を傷つけてしまった。このことに徹は気づきました。〈自分は正しい〉と思うから人を責めるんですね。しかし、人を責める心は、人を傷つけてしまう危険なものです。徹は、三井恵子の事故をとおして、そのことを知ったわけです。徹は陽子に「自分のいままでの生き方に、自信を失った」「自分という奴《やつ》が、何とも浅薄で、いやらしくてならない」と言います。

それを聞いた陽子は、「おにいさん、わたしもね、自分がいやでたまらないの」と言います。陽子は、外面的な行為ではなく内面のことを問題にしています。自分の心の中に「いやなもの」がある。それで「自分がいやでたまらない」んですね。

では、陽子の心にある「いやなもの」とは何でしょうか。それは、人を憎む思いです。陽子は、自分が訪ねた育児院の子どもたちを見ながら、その子どもたちを手放した親のことがとても憎かった。また、自分を生んだ三井恵子も憎い。陽子は、そういう憎しみを抱いていることがいやなんですね。それで、「わたしって、本当に悪い人間よ」と言っているのです。

三井恵子に対する陽子の気持ちを聞いた徹は、恵子に会ったことと、その直後に恵子が交通事故を起こしたことを陽子に話しました。そして、散歩に出た二人は林の中で話を続けます。徹は、三井恵子と中川光夫のことについて、「その恋愛は美しかったように、ぼくには思えるんだ」と言います。しかし、陽子は、「美しくなんかないわ」と徹の見方を否定します。美しいものであるなら美しい実りがあるはずだが、実際には、美しい実りはなかった。夫が裏切られ、子どもが捨てられた。そんな恋愛は美しくなんかない、と陽子は考えているんですね。

陽子は、育児院の子どもたちについても次のように言います。

「今日わたしが会った育児院の子供たちだって、恋愛によって生まれた子供たちかも知れないわ。でも、あの子たちを見て、わたしは決して美しい実りだとは思えないわ。あまりに悲し過ぎるわ」

陽子らしい、潔癖な憤りだった。

（「草むら」）

「陽子らしい、潔癖な憤りだった」と書かれていますが、三浦綾子さんは陽子の「潔癖な憤り」を肯定しているのでしょうか、否定しているのでしょうか。

たしかに、綾子さんは、不義の関係によって子を宿すということは認めていません。「土手の陰」の章にも「草むら」の章にも、乳児院・育児院に預けられた子どもたちがどんなに重いものを背負って生きているのかということが描かれています。綾子さんは不義の関係を否定します。この点では陽子と同じです。

しかし、だからといって、陽子のように人を憎んでいいということにはなりません。そういう憎しみは、「潔癖な憤り」ではあっても、自分自身も人のことも傷つけてしまう。不幸にしてしまう。ですから、そういう点では、綾子さんは陽子の「潔癖な憤り」を肯定していません。

陽子の「潔癖な憤り」の背後には、誰もが抱えている根深い心の問題が潜んでいます。その問題に気づき、それを解決しないかぎり、幸せを得ることはできません。陽子の「潔癖な憤り」の背後にある根深い心の問題とは何なのか、皆さん、考えてみてください。

第三回　「あじさい」～「夜の顔」

自分の罪の認識

「あじさい」の章で、啓造と陽子は罪についての話をします。

陽子が育児院に行ってきたことを夏枝から聞いていた啓造は、「どうだったかねえ、育児院は？」と陽子に尋ねます。陽子は、「みだりに人の親となるべからず、っていう感じよ」と答えます。陽子は、なぜ、このように思ったのでしょうか。それは、「みだりに人の親となる」ことによって、その子どもたちが苦しむからです。陽子自身、その苦しみを背負っているし、育児院でもそういう子どもたちを見てきた。だから、啓造の質問に対して、「みだりに人の親となるべからず、っていう感じよ」と答えたんですね。この陽子の言葉に、啓造は、「なるほど、みだりに人の親となるべからずか。これは痛いね」と言います。なぜ「痛い」のか。それは、夏枝への復讐のために陽子を引きとり、陽子を自殺に追いやったからです。啓造は、その責任を感じているわけです。

陽子は次のように言います。

「わたしね、あそこに行って、ますます人間がこわくなったの。お兄さんともお話したんですけど、人間って、本当に罪深いものなのねえ、おとうさん」

（「あじさい」）

「あそこ」というのは育児院です。陽子は、育児院に行って、子どもたちを手放した多くの親のことを思い、「ますます人間がこわくなった」のです。人間の罪深さを感じたんですね。

それでは、陽子は、自分についてどのくらい罪深さを感じているのでしょうか。「おとうさんはね、自分の罪のために、本気で悩むということを知らないと思ってねえ」という啓造の言葉に、陽子は言います。「陽子も同じよ、おとうさん。ある時は自分を罪深いと悩んだこともあるけど、このごろは、かえってほかの人の罪深い処ばかり、目につくの。育児院を見ても、自分の生まれを考えても」。

人間は、自分のことは棚に上げて、ほかの人の問題に目が行く傾向があります。人がしたら悪く見えることでも、自分がすれば、そう悪いことには思えない。しているのは同じことなのに、人に対する捉え方と自分に対する捉え方とが違うわけです。

陽子も、「ほかの人の罪深い処ばかり、目につく」ようになっています。しかし、自分の方に目を向けないかぎり、問題の解決も成長もありません。

私たちは、概して自分の罪に鈍感です（ここで言う「罪」とは、神の御心《みこころ》に反する思いや行為のことです）。多くの罪を重ねて、人を傷つけ、自分のことも傷つけている。しかし、なかなか、そのことに気づかない。また、罪を犯すまいとしても、罪を犯してしまう。私たちは、神と人に赦してもらわねばならない存在です。そして、自分も赦してもらわねばならないのだから、人の罪も赦してあげなければなりません。

生きる意義・目的と幸せ

「交差点」の章で、徹・陽子・北原・相沢順子は札幌の植物園に行きます。陽子と北原は一年八か月ぶりの再会、陽子と順子は初対面です。順子は、高木の母親が亡くなったとき、徹や北原と一緒に葬儀の手伝いをした学生で、じつは、ルリ子を殺した佐石の娘です。

佐石の死後、高木が嘱託をしている乳児院に預けられ、二歳から育児院に移っていましたが、四歳のとき、薬局を営む相沢夫妻に引きとられて育ちました。明るく活発な女性です。植物園で陽子と順子は深い内容の話をします。二人のやりとりを見ていきましょう。


「順子さん、あなたって明るい方ね」

陽子が話しかけた。

「そういわれるわ、みなさんに」

「お幸せね」

順子はちょっと陽子を見てから、

「幸せよ」

と、立ちどまった。


（「交差点」）

順子は、佐石の子として生まれましたが、今は幸せだということです。「わたしは幸せじゃないわ」という陽子の言葉に、順子は、「生きる意義というか、目的というか、それがつかめないうちは、空虚よね。虚無的よね。虚無とは満たされてない状態ですもの、幸福感がないのは当然よ」と言います。順子は、陽子と話しているうちに、陽子が生きる意義・目的をつかんでいないことを直観したんですね。順子自身も、かつて、生きることにどういう意味があるのか、何のために生きているのか、ということが分からずに、虚しい思いを抱いていたのでしょう。しかし、生きる意義・目的を見つけたとき、心が満たされ、自分は幸せだと言えるようになった。生きる意義・目的をつかむことがどんなに大事なのかということを、順子は身をもって知っているわけです。だから、陽子と話しながら、〈この人は生きる意義・目的がつかめていないんだ〉と直観したのでしょう。

順子と陽子のやりとりの中で、順子は「不幸を知らない人には真の幸せは来ないわ」と言っています。なぜ、不幸を知らない人には真の幸せは来ないのでしょうか。それは、不幸を知ることによって、本当に大事なものが分かるからです。不幸を知らない人、自分には大きな問題はないと思っている人は、〈何が本当に大事なものなのか。人間にとって、なくてはならぬものは何か〉というようなことを考えない傾向があります。じつは、自分も人間にとって根本的な問題を抱えているのに、それに気づかない。だから、真の幸せが来ないのです。

順子は、「幸福が人間の内面の問題だとしたら、どんな事情の中にある人にも、幸福の可能性はあると思うの」と言います。「どんな事情の中にある人にも」という順子の言葉に、陽子は、「この一見無邪気そうな順子に、一体不幸を感じさせる何があったのだろうか」と思います。順子の事情、順子がどういう大変な思いをしてきたのかということは、あとになって分かります。

順子は、無邪気なようでいて、とても深いことを言っています。順子が陽子にどういう影響を与えていくのかということは、注目すべき大事なポイントです。

人間の不自由さ

陽子は、夏枝・辰子・松崎由香子と一緒に旅行をすることになりました。由香子は、かつて、辻口病院の事務員でした。啓造に寄せていた思いを村井に利用されて、もてあそばれ、やがて失踪《しっそう》しましたが、約十年後、辰子の家に身を寄せることになりました。旅行前、陽子は啓造との会話の中で、由香子について、「わたし、奥さんのある人を、好きになったりするひとって、嫌いよ」と言います。啓造は、「好きになるというのは仕方がないよ。好きになるまいとしても、なるんだからねえ」と言いますが、陽子は納得できません。

しかし、「仕方がない」ということで済ませるわけにはいかないと考える陽子も、「人間って、自分の思いどおりにならない、不自由な存在だね」という啓造の言葉には、うなずきます。

陽子に自分の不自由さを感じさせていることが二つあります。一つは、実母、三井恵子を憎んでいることです。憎むまいとしても憎んでしまう不自由さ。もう一つは、夏枝をうとましく思っていることです。すっかり赦しているつもりなのに、うとむ心を抱いてしまう不自由さ。これらのことから、陽子は、「人間って、自分の思いどおりにならない、不自由な存在だね」という啓造の言葉を、そのとおりだと思うわけです。

「人間は、本来は自由に作られたものだそうだがねえ」

啓造は、聖書のアダムとイブを思い出しながらいった。

「どうして不自由になったのかしら」

「よくはわからないが、とにかく不自由ということは、人間本来の姿ではないんだろうね。まあ、罪人の証拠といえるかも知れないね」

（「夜の顔」）

聖書によると、人間は罪なき者として創造されました。しかし、人類の祖先、アダムとエバ（イブ）が悪魔の策略にはまり、神に背いたことによって、人間は罪性（罪を犯す性質）をもつようになった。この罪性が人を不自由にしているのです。三浦綾子さんが啓造の言葉として、「不自由ということは、人間本来の姿ではないんだろうね。まあ、罪人の証拠といえるかも知れないね」と書いているのは、今お話ししたような意味です。

陽子は次のように言います。

「おとうさん。あの方がおとうさんを好きになるのは、仕方がないということは、わかるわ。でも、仕方がないから許すということではないと思うの。たとえば、誰かが憎むまいとしても、ひどくひとを憎んで、憎しみのあまり殺すとしたら、どうするの。仕方がないことなんだよって、許せることではないと思うわ」

（「夜の顔」）

陽子は、「仕方がないから許すということではないと思う」と言って、人を憎む話をしていますが、自分のことを棚に上げていますね。陽子は三井恵子を憎んでいます。以前、徹が陽子に、恵子を赦してあげてほしいと言ったとき、陽子は激しく拒みました。恵子を憎む自分は間違っていないと言った。そして、今も、このあとも憎み続ける。そのことで陽子自身も恵子も苦しみます。「仕方がないから許すということではないと思う」と言う陽子の矛先は、恵子を憎む自分の方には向いていていません。

自分の不自由さ・悲惨さをどのくらい認識しているかが重要です。自分は百円しか借金していないとする。その自分のために、ほかの人が百円を出してくれた。その有り難みと、一生かかっても返せない百億円の借金を肩代わりしてもらった有り難みと、どちらが大きいでしょうか。「百億円の借金を返せないのなら、奴隷のようにこき使うぞ」と貸し手から言われたときに、誰かがやって来て、「私が代わりに百億円を支払います」と言って、そのとおりにしてくれたら、どんなに感謝するでしょうか。

罪の問題も、これと同じです。「自分は大して悪くない。そんなに惨めな人間ではない」と思っている人には、神の愛は分かりません。一方、「自分は、なんと惨めな人間なんだろう」と思っている人には、神の愛、イエス・キリストの十字架の有り難みがよく分かります。

神は罪を赦してくださっただけではない。罪の支配から私たちを解放してくださった。

だから、神を信じる人は、もはや罪の奴隷ではありません。イエス・キリストは、「真理は、あなたがたに自由を得させる」とおっしゃいました（新約聖書、ヨハネによる福音書八章三二節）。私たちに自由を得させる「真理」とは、単なる知識のことではありません。イエス・キリストが「わたしは道であり、真理であり、命である」（ヨハネによる福音書一四章六節）と言っているように、「真理」とはイエス・キリストのことです。イエス・キリストが私たちを罪の支配から解放し、自由を得させてくださるんですね。

それでは、罪の支配から解放されて自由になった私たちは、どうなるのでしょうか。聖書には次のように書かれています。

主の霊のあるところには、自由がある。わたしたちはみな、顔おおいなしに、主の栄光を鏡に映すように見つつ、栄光から栄光へと、主と同じ姿に変えられていく。これは霊なる主の働きによるのである。

（コリント人への第二の手紙三章一七〜一八節）

「主の霊」というのは、聖霊なる神のことです。キリスト教では三位一体の神を信じています。父なる神、子なる神（イエス・キリスト）、聖霊なる神という三者が一体となっている神を信じているわけです。イエス・キリストは、聖霊なる神について、クリスチャンの「助け主」だと言っています（ヨハネによる福音書一四～一六章）。信仰をもっている人を助けてくださる神だということです。

神を信じ、聖霊によって助けられている人には、自由がある。そして、聖霊の働きによって「栄光から栄光へと、主と同じ姿に変えられていく」のです。「主と同じ姿に変えられていく」というのは、神の性質に似る者になっていくということです。自己中心的な思いの強い人が、他者を思いやれるようになっていく。悪に染まっていた人が、悪を嫌うようになる。そのように変えられていきます。そもそも、神は、ご自身の性質に似た者として人間を創造しました（旧約聖書、創世記一章二六～二七節）。だから、「主と同じ姿に変えられていく」ことは、人間本来のあり方を取り戻すようになるということです。

『続 氷点』の陽子や啓造たちも、早く神を信じて自由になってほしい。しかし、なかなか、そうなりません。陽子は、『続 氷点』の最終章で、自分の罪をしっかりと認識して神を信じるに至ります。自分の罪と、それが神に赦されていることが心底《しんそこ》分かったとき、陽子は「おかあさん！　ごめんなさい」という思いになります。そして、恵子への憎しみから解放されて、新しい人生を歩み始めます。しかし、最終章は、まだ先です。陽子が自由を得るまでには、しばらく時間がかかります。

第四回　「たそがれ」～「花ぐもり」

茅ヶ崎にて

陽子は、夏枝・辰子・松崎由香子と一緒に本州に旅行をしました。東京に泊まった翌日、陽子と夏枝は、辰子・由香子と別れて、茅ヶ崎にいる夏枝の父親（啓造の恩師、津川先生）のところに行きます。旅行中、陽子は啓造に（少なくとも）三通の手紙を出します。その三通目（茅ヶ崎で書かれた手紙）に、とても大切なことが書かれています。

その手紙には「今度の旅は、陽子にとって、どんなによい旅であることか、わたしは感謝の思いに溢《あふ》れています」とあります。陽子は、なぜ、そう書いたのか。おじいさん（津川先生）との貴重な出会いがあったからです。そして、陽子の人生にとって大きな意味をもつ話が聞けた。だから、この素晴らしい旅への感謝の思いに溢れていると書いたわけです。

それでは、おじいさんは、どういう話をしたのか。

まず、「自分一人ぐらいと思ってはいけない」という話。これは、自分を大事にしなさい、ということです。人は、「自分一人ぐらい」と思いがちです。しかし、その「一人」が大事なんですね。なぜ、「一人」が大事なのか。それは、一人の生き方が他の人々に影響を及ぼすからです。自分がでたらめに生きると、多くの人が悪影響を受ける。逆に、自分が良い生き方をすれば、他の人たちに良い影響を与えることになる。「一人」の影響力は大きいのです。

また、陽子は、啓造への手紙の中で、「おじいさんにおわびをいわれて、陽子は何ともいえない申し訳なさで、いっぱいでした」と書いています。「おじいさんにおわびをいわれて」というのは、母親を早くに亡くした夏枝を甘やかして育てたことについて、おじいさんが陽子に詫びたことを指しています。

「おかあさんにはホテルで、今また、おじいさんにわびられる陽子こそ、おわびしなければならない人間ですのに。わたしもまた、真剣にわびる人間にならねばならないと、思いました」と書かれています。陽子は、茅ヶ崎に来る前、東京のホテルで夏枝から赦しを請われました。夏枝は、飛行機の中で、〈もし飛行機が墜落したら、陽子に心から謝っていないことが一番心残りだ〉と思った。それで、陽子に対する仕打ちを詫びたのです。その夏枝に、陽子も、「陽子こそ、自殺を図ったりして、おかあさんをつらい目に遭わせて、ごめんなさい」と言いました。夏枝とおじいさんに謝られた陽子は、「わたしもまた、真剣にわびる人間にならねばならない」と思います。

陽子は、自殺を図ったとき、赦してほしいという思いを痛切に抱いたのでした。今読んでいる「たそがれ」の章には、「その時（竹林注・遺書の言葉を書いたとき）の、謙遜な素直な、ひたすらな陽子の思いが、どこかで消えていた。そして、いつしか自分自身を産んでくれた母の不貞を責め、育ての親の夏枝をうとむ思いが、代わってしのびこんでいた」と書かれています。そういう自分に陽子は気づいている。そして、「わたしもまた、真剣にわびる人間にならねばならない」と思っているのです。

また、陽子は、おじいさんから、「一生を終えてのちに残るのは、われわれが集めたものではなくて、われわれが与えたものである」というジェラール・シャンドリの言葉を聞きました。

私たちは、いろいろなものを集めようとして生きているのではないでしょうか。お金を蓄えよう、人からの評価を得よう、様々な能力を獲得しよう、と頑張る。生きるためには、ある程度、それらのものも必要です。しかし、ジェラール・シャンドリは、「一生を終えてのちに残るのは、われわれが集めたものではなくて、われわれが与えたものである」と言っている。

聖書にも、「受けるよりも与えるほうが幸いである」（新約聖書、使徒の働き二〇章三五節。新改訳聖書〔第三版〕）という言葉があります。これは人間の普通の考え方と逆ですね。「与えるより受けるほうがいい」と考える人が多いのではないでしょうか。しかし、聖書は、「受けるよりも与えるほうが幸いである」と言っている。

陽子は、自殺を図り、昏睡状態から目覚めたあと、前向きに生きることができませんでした。しかし、「一生を終えてのちに残るのは、われわれが集めたものではなくて、われわれが与えたものである」というジェラール・シャンドリの言葉をおじいさんから聞いて、生きる方向を示され、自覚的に足を一歩踏み出そうとしています。このことが陽子にとって今回の旅での大きな収穫ですね。

陽子の手紙を読んだ啓造は、シャンドリの言葉を「真理だ」と思います。「真理は往々にして、人間の考え方とは正反対だ」と思いながら、はっとしてカレンダーを見ると、明日は九月二十六日、洞爺丸遭難の日でした。啓造は、洞爺丸に乗っていた宣教師のことをまざまざと思い出し、「戦慄《せんりつ》に似た感動」をおぼえます。二人の宣教師は、日本人の男女に救命具を譲って亡くなった。そして、その日本人の男女は、のちにクリスチャンになりました。宣教師たちが自分の命を与えたことによって、二人は助かり、信仰を得たわけです。宣教師たちの命は、クリスチャンになった二人の人生において生き続けている。この二人が宣教師たちの命を受け継いで生きている。

啓造は、宣教師と対照的な自分の生き方を思います。「十一年の間に、自分は一体何をつかんだか。何もなかった。ただ生きてきただけのような気がする」「何の実りもない秋のような気がする」とある。わびしいですね。

啓造は、洞爺丸で宣教師の姿を見て、自分もそういう生き方をしたいと思いました。それなのに、なぜ、今見たような生き方になってしまっているのでしょうか。それは、神の愛が分かっていないからです。洞爺丸で救命具を譲った宣教師たちは、罪深い自分のためにイエス・キリストが十字架で死んでくださったことを知っていた。復活したイエス・キリストがいつでも一緒にいて助けてくださっていることを知っていた。死後に天国に行けることを知っていた。洞爺丸の宣教師たちは、神の愛が身にしみて分かっていたのです。だから、神から受けている愛によって、あのようなことができた。

それでは、啓造は、なぜ神の愛が分からないのか。それは、自分の罪深さをしっかり認識していないからです。自分が罪の奴隷のようになっていること、そういう悲惨な状態だということが心の底から分かっていない。イエス・キリストは人間の罪のために身代わりに十字架にかかったわけですから、自分の罪深さが分かっていなければ十字架に示された神の愛を知ることもできません。啓造は、自分の罪深さが分からないから、神の愛が分からない。そして、神の愛が分からないから、洞爺丸の宣教師のような、人を愛する生き方ができないのです。

神を信じていない人の姿

「聴診器」の章で、辰子と松崎由香子が辻口家にやって来ました。二人が帰ったあと、夏枝は啓造に言います。「五十歳になっても、二十歳と同じ感情だとあなたはおっしゃいましたわ。あなたって、油断のならない方ですわ」。辰子・由香子が辻口家にいたとき、高木の結婚式のことが話題になりました。高木について辰子が「考えてみたら、五十だって若いわよね」と言うと、啓造も、「そうですよ。人間の感情って、そう変わりはしませんね。わたしたちも、二十代のころは、五十なんて老人だと思っていましたがね。自分がその年代になってみると、気持ちは少しも変わらないんですよ」と応じました。夏枝は、この啓造の言葉を持ち出して、「あなたって、油断のならない方ですわ」と言ったのです。

啓造は、むっとします。「自分ほど信用されてもいい男はないと思って来た」「キスマークをつけたり、つけられたりする人間たちとは、ちがっているつもりだ」と言っている。自分は立派な人間だと思っているところに啓造の問題があります。啓造は、罪の問題を考えたことはありますが、自分の罪深さをしっかりと認識していません。自分の罪深さが分からないから、神の愛が分からない。神の愛が分からないから、人を愛する生き方ができない。それで、虚しい気持ちになっている。このことは先ほども見ましたね。要するに、問題は啓造自身にある。根本的には、夏枝のせいでも村井のせいでもない。自分の罪深さをしっかりと認識していないことが問題なのです。

啓造は、自分の部屋に入ってから、「何も怒ることはなかったのだ」と後悔します。そして、由香子に対する心の揺らぎを、あらためて感じます。啓造は愛に飢えています。啓造には、自分が誰かから愛されているという実感がない。だから、自分に関心を寄せる異性に惹かれるのです。しかし、人が愛してくれなくても、神は私たち一人一人を深く愛してくださっています。どのくらい深く愛してくださっているのか。神であるイエス・キリストが、私たちの罪のために、この世に来られて十字架にかかってくださるほど、私たちを愛してくださっている。この神の愛で満たされるとき、由香子に心惹かれる啓造のような状態になることはありません。

由香子のことを思った直後、啓造は死の恐怖に襲われます。啓造が感じている死の恐怖は、先ほど見た、罪の問題（啓造が自分の罪深さをしっかりと認識していないこと）や愛の問題（啓造が愛に飢えていること）と関係があるのでしょうか。これらは、神を信じていない人が抱える問題だという点で共通しています。

まず、罪の問題についてですが、自分の罪深さが分かっていれば、神を信じないではいられない。おぼれているときに助けの手が差し伸べられたら、その手にすがらずにはいられませんね。それと同じです。神を信じている人は、自分の罪深さが分かっている人です（ここで「神を信じている人」と言っているのは、神の存在とイエス・キリストの十字架・復活の福音を信じている人のことです）。自分の罪深さを認識していない啓造の姿は、神を信じていない人の姿だと言えます。

次に、愛の問題についてですが、神を信じている人は神の愛を感じることができます。神の愛を知っています。しかし、神を信じていない啓造は、当然ながら、神の愛を知りません。啓造は、神の愛も人の愛も感じることができないので、愛に飢えているわけです。愛の問題も、神を信じていないことから生じる問題なのです。

また、神を信じるところには死の恐怖がありません。なぜなら、死は、この世よりもずっと素晴らしい世界（天国）への入り口だからです。伝道者パウロが「わたしの願いを言えば、この世を去ってキリストと共にいることであり、実《じつ》は、その方《ほう》がはるかに望ましい」（新約聖書、ピリピ人への手紙一章二三節）と書いているように、神を信じる人は、この世にいるより天国にいるほうがいいと思っています。神を信じていないから死を恐れるのです。

このように、啓造が抱えている三つの問題（罪の問題、愛の問題、死の問題）は全て、神を信じていないところにある問題です。神を信じていないことの現れだとも言えます。三浦綾子さんは、啓造をとおして、神を信じていない人の姿を三つの角度で描いているのです。自分の罪深さを認識していない姿。愛に飢えている姿。死を恐れている姿。綾子さんは、これらの姿を描くことによって、神を信じていない読者に神を信じてほしいと願っているんですね。

第五回　「陸橋」～「石原」

順子の手紙

ルリ子の命日に、啓造は、夏枝と村井に対して「新たな怒りが呼び覚まされる思い」になります。そういうとき、陽子が啓造に、「おとうさんにだけ、お見せしたいものがあるの」と言って、順子からの手紙を見せます。順子のことを知らない啓造に、陽子は、「この方、短大の保育科にいらっしゃる方で、わたしやおにいさんの友だちなの」と言います。順子は手紙にどういうことを書いたのでしょうか。

順子は手紙の中で、「実はね、陽子さん。わたしも本当の父母に育てられたのではありません」と書いています。順子は、陽子が養女であることを北原から聞いて知っていました。それで、「わたしも本当の父母に育てられたのではありません」と書いたわけです。

順子の手紙の中に、「陽子さん、わたしが相沢の家に来る前は、佐石という姓でした」

と書かれているのを見て、啓造は驚きます。順子は、父親の佐石と辻口家との関係について何も知らないので、「陽子さん、ご両親の知人という『サイシ』なる人は、どんな人なのでしょう。もし、ご存じなら教えてください。あるいはわたしの親と、全く別人であったとしても、無縁ではないかも知れません」と書いています。順子は、以前、支笏湖《しこつこ》に行ったとき、北原と徹が「例の佐石の娘はどこにいるのだろうね」「佐石の？　さあてね」などと話しているのを耳にしました（「花菖蒲」の章）。それで、自分の父親と辻口家との関係を知りたいと思っているのです。

順子は自分の生い立ちを綴《つづ》っています。

> 陽子さん、わたしは乳児院に預けられ、二つの時に育児院に移されて、四つの時までそこで育ちました。そのころ、相沢の父母が、高木先生を通して、わたしをもらってくれたのです。父母はわたしをもらう時、わたしの身の上を一切知った上で、こういったそうです。「子供にめぐまれない親と、親にめぐまれない子供です。似合いの親子ではありませんか」って。
>
> （「命日」）

「子供にめぐまれない親」というのは、相沢夫妻に子どもが生まれなかったことを指しています。それでも、相沢夫妻は、子どもを育てたいという思いがあって、順子を養子にしたわけです。「親にめぐまれない子供」というのは、順子が殺人犯の娘であり、両親を亡くしているということです。

「子供にめぐまれない親と、親にめぐまれない子供です。似合いの親子ではありませんか」という言葉に、啓造は胸を打たれました。「何と謙遜な、温かさに溢れた言葉であろう」と。そして、冷酷な思いで陽子を引きとった自分のことを省みます。啓造は、夏枝に対する「復讐の道具」として陽子を引きとりました。「復讐の道具に子供をもらう。何とおれは恐ろしい人間なのか」と思います。

自分の罪深さを知った啓造は、何をしたら赦されるのかと思います。ここで三浦綾子さんが言いたいのは、イエス・キリストの十字架による贖《あがな》いを信じることで罪が赦されるということです。綾子さんは、啓造に神を信じてほしいと思っているんですね。

啓造は、「夏枝のみを責めて、自分を責めることの少なかった自分」に気がついて、「自分勝手な」とつぶやきました。綾子さんは、しばしば、罪の性質として自己中心性を挙げます。自己中心が罪のもとだと言っています。私たちは、多かれ少なかれ、自己中心的なところがあります。自分は正しくて人は間違っている、と思いがちです。しかし、冷静に考えれば、自分にも過ちが沢山ある。このことが分かれば、人を責めることもなくなります。人を責めるとき、責めている自分もつらいんですね。だから、聖書は、人を赦しなさいと教えています。

順子は、温かい家庭の中で暮らしながらも、大きな問題を抱えていました。実父への憎しみです。しかし、教会でキリストの贖罪《しょくざい》を知って、心の問題を乗り越えることができるようになりました。「キリストの贖罪」というのは、イエス・キリストが十字架の上で人間の罪を身代わりに背負って死んでくださったことによって、それを信じる人に罪の赦しが与えられる、ということです。このことを知った順子が実父への憎しみから解放されたのは、なぜでしょうか。

キリストの贖罪を知るということ（単に知識として知ることではなく、それを信じること）は、自分の罪への認識が伴います。自分の罪に気づかずにキリストの贖罪を知ることはできません。自分が罪ある者だということが分かるからこそ、イエス・キリストの十字架の有り難みが分かるのです。それでは、自分の罪を知り、神の愛と赦しを体験すると、どうなるか。人の罪を責めることができなくなります。自分も罪ある者なのに、どうして、ほかの人の罪を責めることができるでしょうか。自分の罪が神に赦されたことが心の底から分かると、人を赦せるようになります。自分が神に愛されているように、自分も人を愛していこうとするようになります。

順子は実父を責め続けていました。しかし、自分の罪を知り、その罪のためにイエス・キリストが十字架にかかってくださったことを知ったとき、順子は実父への憎しみから解放されました。罪自体は良くないものですが、罪を犯してしまう人間を憎むべきではありません。また、人間には他者の罪を責める資格はない。自分も罪ある存在だからです。

順子は、かつての自分と同じような苦しみの中にいるであろう陽子を思いやり、陽子の慰めになれたらという気持ちで手紙を書きました。

陽子の日記

啓造が順子の手紙を読んだ夜、陽子は日記に次のように書きました。

人間はみにくい。これがわたしの人間への結論だった。わたしを産んだ小樽の母（こう口に出し、且《か》つ書く時の、わたしの内に起きる、いいようもないためらいや抵抗を誰が知ろう）はみにくい。このわたしを産ませた中川光夫なる男（父と呼ぶには、あまりにも遙《はる》かでありすぎる）もみにくい。そして、その母を憎むこのわたし自身もみにくい。
わたしにはこれが結論だった。これだけではいけない。許さねばならない。自分もまた許してもらわねばならないと思いつつも、しかしわたしは、いつも憎しみの淵《ふち》に堕《お》ちるしかない思いだった。

（「命日」）

陽子は、「人間はみにくい」と考えています。たしかに、人間は罪深い存在です。それでは、私たちは絶望するしかないのか。三浦綾子さんは、そうではないと考えています。イエス・キリストの十字架のゆえに、神は私たちの罪を赦してくださる。だから、絶望する必要はない。これが聖書のメッセージであり、綾子さんのメッセージです。
実母を憎む陽子は、順子が実父に対して抱いていた憎しみが「痛いほどよくわかる」と日記に書いています。そして、実母を赦せずに苦しんでいる陽子は、順子がどのようにして実父への憎しみから解放されたのかを知りたいと思います。日記に「なぜ順子さんにできたことが、わたしにはできないのか」と書かれています。順子にできたこと（憎しみの対象である親を赦すこと）が陽子にできないのは、なぜでしょうか。それは、陽子が「キリストの贖罪」を知らないからです。「順子さんはキリストの贖罪を知ったという。キリストの贖罪とは何か、わたしにはわからない」とあるとおりです。キリストの贖罪を知っているか否かが順子と陽子の大きな違いです。『続 氷点』の最終章で、陽子はキリストの贖罪を信じ、実母への憎しみから解放されます。

陽子の日記をさらに見ていきましょう。

許すとは、何と困難なことであろう。そして不可解なことであろう。そうだ。わたしには、それは、困難というよりも不可解なことなのだ。特にわたしにとってわからないことの一つに、人間同士、お互いに許し合えたとして、それで果たして事はすむのかという問題がある。

いつか北原さんに、わたしは自分の変心をわびたことがあった。北原さんは快く許してくださって、安心なさいとおっしゃった。だがわたしはその時、許されたような気がしなかった。たとえあの人が許してくれたとしても、わたしが裏切ったという事実は、厳然としてこの世にとどまっているような気がしてならなかった。それは今も同じである。

順子さんがたとえその父親を許しても、殺したという罪の事実はどうなるのだ。殺された人間は再び還《かえ》らない。

小樽の母にしても同じことがいえる。たとえわたしが許しても、その不義の事実は消えるはずはない。その夫や息子たちが事実を知り、そして許したとしても、それでその事実が消滅するはずもない〉

陽子は、罪と許し、罪と許し、と何行か書きつづけた。

（「命日」）

陽子は、〈罪と赦し〉という人間の根本にかかわる問題を強く鋭く意識しています。〈赦し〉について、「不可解なこと」だと書いていますね。陽子にとって特に分からないことは、「人間同士、お互いに許し合えたとして、それで果たして事はすむのかという問題」です。

三浦綾子さんは、人間同士が赦し合ったとしても事は済まないと考えています。「続・氷点を書き終えて」という文章（『こころの友』一九七一年八月号）の中で、綾子さんは、「十字架なしに、人間の罪は許されはしない。そう訴えたかった」と書いています。人が互いに赦し合うことは、とても大切なことです。しかし、陽子が日記に書いているように、人間同士が赦し合ったとしても罪の事実が消えるわけではない。罪の解決はイエス・キリストの十字架による贖罪にある（イエス・キリストの十字架によって人間に罪の赦しが与えられている）、と綾子さんは言いたいんですね。

辰子の虚しさ

陽子が辰子の家に泊まった夜、辰子は言いました。「陽子くん、生きているって、むなしいわねえ」。この言葉を聞いた陽子は、意外だと思います。『続 氷点』の読者も、意外な言葉だと思うでしょう。辰子は、『氷点』『続 氷点』の中で最も人気がある人物です。性格がさばさばしているし、言うべきことをびしっと言います。温かい人柄で、しっかりした考えをもっている。踊りの師匠であり、その家には辰子を慕ってやって来る人たち（「茶の間の連中」）がいます。その辰子が「生きているって、むなしいわねえ」と言った。辰子が生きることに虚しさを感じているのは、なぜでしょうか。

「踊りがあって、お友だちがたくさんあって、楽しそうなのに」という陽子の言葉に、辰子は、まず踊りについて話します。踊りは花火のようなもので、一時的・瞬間的には華々しいけれども、「やがては何もかも消えてしまうような、むなしいもの」だと考えている。陽子は「でも、芸道っていうでしょう、小母さん。一瞬だけのむなしいものとも、思われないけれど」と言いますが、辰子は「それは否定しないけど、芸とか芸術とかは、結局はむなしいものじゃないかって思うのよ」と答えます。踊りは辰子の心を本当に満たすものではない、ということです。辰子は、芸・芸術の力には限界があると感じているんですね。

辰子にとっては、「人との関係」も心を満たすものではない。それは「茶の間の連中」一人一人にとっても同じだろうと言っている。一緒にいるときは心が温まるけれども、それは一時的なものにすぎない。

辰子は「踊りにせよ、人との関係にせよ、一つの大事なものが欠けてるって気がしてならないのよ」と言っています。この「一つの大事なもの」とは何でしょうか。神への信仰です。辰子には神への信仰が欠けている。だから虚しいのです。辰子自身、「いざとなったら、神さまのところに何でも頼みこめると思って、安心してたこともあるのよ。でも、信じもしないで安心してるのは、本物の安心じゃないんだねえ。この頃は妙にむなしくなっちゃってねえ」と言っています。「信じもしないで安心してるのは、本物の安心じゃない」というのは、信仰なしの安心は気休めにすぎないということです。信仰に基づく安心こそが「本物の安心」だということを辰子は知っている。しかし、そのことが分かっていながらも神への信仰が欠けているので、辰子は「本物の安心」を得ていません。三浦綾子さんは、生きることに虚しさを感じている辰子の言葉をとおして、神への信仰こそが人の心を真に満たすものだと言いたいんですね。

順子の辻口家訪問

順子が辻口家を訪ねて来ました。その前日、順子から辻口家に電話がかかってきました。養父母や相沢薬局の店員たちと一緒に天人峡（旭川近くの景勝地）に旅行をすることになった、そのついでに、自分（順子）は旭川の陽子のところに寄りたいと思ったんですね（陽子は大学が夏休みで旭川にいました）。

順子を迎える啓造は「わが子を殺した犯人の娘を迎えるというよりは、不幸な一人の娘を迎えるという気持ち」でした。啓造がそういう気持ちで順子を迎えることができたのは、今までの経緯があったからでしょうね。陽子を佐石の子として引きとり、自殺に追いやった。また、陽子に送られてきた順子の手紙を読んで、自分たち夫婦の罪深さを思い知り、「陽子にも、順子にも深く頭を下げてわびたい思い」になった。そういう経緯があって、啓造は「不幸な一人の娘を迎えるという気持ち」で順子を迎えることができたわけです。

辻口家にやって来た順子は、陽子・啓造・夏枝と一緒に見本林《みほんりん》を散歩します。散歩の途中、夏枝が野菊を手折《たお》り始めました。見本林のそばを流れる美瑛川《びえいがわ》の川原で亡くなったルリ子に花を手向《たむ》けようということです。啓造と陽子は、夏枝が順子の前でルリ子の話をしてしまうのではないかと気が気でない。夏枝は、順子が佐石の子だということを知りません。啓造は、夏枝にルリ子の話をさせないように働きかけます。しかし、四人が川原に来たとき、ついに夏枝は言ってしまいます。「たった三つの子の首をしめるなんて、佐石という男も、ひどいことをしたものですわ」。

この言葉を聞いた順子は顔が白くなって、その場にくずおれます。順子は、実父が佐石土雄という名前であり、殺人を犯したことを知っていました。しかし、誰を殺したのかは知らなかった。今、実父に殺されたのが辻口家の子だったということを知って、順子は愕然としたんですね。やがて、順子の唇がかすかに動きました。「ごめんなさい。ルリ子ちゃんを殺したのは、わたしの父です。わたし、佐石土雄の娘です」。そう言って石原に顔を伏せた順子は、顔を上げて言います。「わたしを、どのようにでもなさってください。わたしの父の罪を、わたしはおわびしたいと思って、生きて来たのですから」。

順子にとって、真実を知ったことはショックでした。しかし、実父の罪を詫びる機会を得たわけです。順子は、遺族に詫びたいと思いながらも、それができずに重い気持ちを抱えて生きてきた。そして、今、その重荷を下ろすことができました。

第六回　「奏楽」～「点滅」

啓造の礼拝出席

啓造は、ついに教会の礼拝に出席しました。約十年前に教会の前までやって来ましたが、結局、入りそびれました（『氷点』「階段」）。また、その後、何度も教会を訪ねたいと思ったことがありましたが、二の足を踏んでいたのでした。その啓造が、なぜ、教会に足を運んだのか。理由は二つあります。

その一つは、一か月前に辻口家を訪ねて来た順子の影響です。「(あの娘のおかげだ)啓造は、石原での、あの日のことを思った」とあります。その日、順子は、「わたしは父の罪をおわびしたいと願い続けてきたの。神さまにも人にも許していただきたかったの、こうしておわびできて、どんなに気が楽になったか知れないわ」と言いました。この言葉を聞いた啓造は、「わびることのすがすがしさ」を感じ、「順子のように、神と人との前にわびる心を与えられたい」と思って、教会の礼拝に来たわけです。
啓造が教会に来た理由（動機）の二つ目は夏枝にあります。夏枝は、順子の辻口家訪問の日以来、ずっと不機嫌でした。順子が佐石の子であることを、啓造と陽子が自分（夏枝）に隠していたからです。陽子に送られてきた順子の手紙を見せてもらえなかった夏枝は疎外感（自分が疎外されているという思い）を抱いたんですね。自分は啓造と陽子から信用されていないと思っている。ついに夏枝の怒りが爆発しました。夏枝は啓造と陽子をしつこく責めます。啓造は、夏枝とのやりとりの中で、自分たち夫婦間の溝を再認識します。夏枝は啓造から信用されていないという思いを抱いている。実際、啓造は夏枝に対して不信感をもっている。そういう夫婦間の問題を解決したいという思いがあって、教会に足を運んだんでしょうね。

さて、礼拝が始まりました。黙祷、讃美歌の斉唱、司会者による聖書朗読と祈りのあと、坂井ヒロ子という若い女性が証詞《あかし》（自分の信仰に関する話）をしました。

ちなみに、この坂井ヒロ子にはモデルがいます。三浦綾子さんの初代秘書、宮嶋裕子さん（旧姓、夏井坂さん）です。坂井ヒロ子のモデルが宮嶋さんだということは、宮嶋さんの著書『三浦家の居間で』（マナブックス）、『神さまに用いられた人　三浦綾子』（教文館）

の中に書かれています。宮嶋さんは、啓造が教会で証詞を聞く場面を書こうとしていた綾子さんから、心に残る証詞があったら教えてほしい、と言われました。宮嶋さんは、ほかの人の証詞ではなく、礼拝でご自分がなさった証詞を綾子さんに話した。その内容を基にして書かれたのが、これから見る坂井ヒロ子の証詞です。

なお、このエピソードには後日談があります。『続 氷点』の登場人物と同姓同名の坂井ヒロ子さんが宮嶋さんの前に現れたという話です。宮嶋さんは、ご結婚後、綾子さんの秘書を辞め、茨城県のキリスト教書店でパートタイムの仕事をなさっていました。ある日、綾子さんの本を一抱え買ったお客さんがいたので、嬉《うれ》しくなった宮嶋さんは、「三浦綾子がお好きですか?」と声をかけました。すると、そのお客さんは言いました。かつて大きな悩みを抱えていたとき、綾子さんの本に自分と同じ名前の人が出てきて、教会で生き生きと話しているのを読んだのがきっかけで、クリスチャンになったんです、と。宮嶋さんは次のように書いています。

「あなた、坂井ヒロ子さん?」と聞くと、彼女は目を丸くしておられた。「私が、その証しをした本人です」と言うと、たいへん喜んでくださった。そのとき、ヒロ子さんは、すっかり元気になっていて、人々を次々に教会に誘い、彼女の周囲にたくさんのクリスチャンが誕生しているということだった。

（『三浦家の居間で』四三頁）

こういう、奇跡のような素晴らしい出会いがあるんですね。
それでは、『続 氷点』の坂井ヒロ子の証詞を見てみましょう。啓造は「若い女の子の語る話などは、たかが知れているような気がした」のですが、坂井ヒロ子は啓造の心に残る話をしました。

「わたくしは、社会福祉科で四年間学び、ことし、老人ホームに勤めました」
無駄のない話し方だが、抑揚のある声音が魅力的だった。……
自分は最初、人から勤務先を尋ねられる度に、得意になって老人ホームだと答えた。自分は不幸な人々の手足になっているのだという気負いがあり、誇りがあった。確かにそれが自分を張り切って働かせることになってはいた。しかし、その底には、人にほめられたいという下心がうごめいていた。自分は次第にうしろめたい気持ちになり、不純な自分に耐えられなくなっていった。ある日、聖書で偶然次の言葉を読んだ。

〈たといまた、わたしが自分の全財産を人に施しても、また、自分のからだを焼かれるために渡しても、もし愛がなければ、いっさいは無益である〉

ここを読んで、自分は老人ホームの人々を愛していたのではなく、老人ホームに勤めている感心な人間だとほめられたいために働いていたのだと、はっきり指摘されたような気がした。

若い女性はそんな話を、てらわずに熱心な口調で十五分ほど語った。啓造は、その若さの伝わってくるような話に、いつしか耳を傾けていたが、全財産を人に施しても、体を焼かれても、愛がなければ一切は無益だという言葉を、心にとめずにはいられなかった。

陽子を引きとって育てたのは、無論、愛の故ではなく、夏枝に対する憎しみのためであり、病院を経営していることも、患者への愛の故ではなく、いわば生活のためである。とすれば、自分の一生は結局は無益なものになるのかと、何かわびしい心地になった。

（「奏楽」）

啓造は、坂井ヒロ子の話を聞いて、あらためて自分の愛のなさを思い、わびしい気持ちになりました。聖書に書かれているように「もし愛がなければ、いっさいは無益である」のならば、「自分の一生は結局は無益なものになるのか」と思ったんですね。

坂井ヒロ子の証詞のあと、牧師がメッセージを語りました。礼拝の初めのほうで司会者が朗読した聖書箇所（ルカによる福音書一八章の一部）についての説教です。

まず、その聖書箇所を読みましょう。

自分を義人だと自任して他人を見下げている人たちに対して、イエスはまたこの譬《たとえ》をお話しになった。「ふたりの人が祈るために宮に上《のぼ》った。そのひとりはパリサイ人《びと》であり、もうひとりは取税人《しゅぜいにん》であった。パリサイ人は立って、ひとりでこう祈った、『神よ、わたしはほかの人たちのような貪欲な者、不正な者、姦淫《かんいん》をする者ではなく、また、この取税人のような人間でもないことを感謝します。わたしは一週に二度断食しており、全収入の十分の一をささげています』。ところが、取税人は遠く離れて立ち、目を天にむけようともしないで、胸を打ちながら言った、『神様、罪人《つみびと》のわたしをおゆるしください』と。あなたがたに言っておく。神に義とされて自分の家に帰ったのは、この取税人であって、あのパリサイ人ではなかった。おおよそ、自分を高くする者は低くされ、自分を低くする者は高くされるであろう」。

（ルカによる福音書一八章九〜一四節）

パリサイ人というのは、ユダヤ教の戒律を守ることに非常に熱心なグループの人です。一方、取税人は、イスラエルを支配していたローマ帝国の手先になって、同胞のユダヤ人から税金を取り立てていた人です。不正に税金を取り立て、私腹を肥やしていました。パリサイ人は、自分は悪い者でないのみならず、良いことを積極的にしている、という祈りをしました。自分を誇る傲慢な祈りなので、神はパリサイ人を「義」（正しい）としませんでした。自分を正しい者だと考えて人を見下す心を神は嫌うんですね。一方、取税人は、自分の罪を深く知り、へりくだって神に罪の赦しを請いました。神は、この取税人を義としました。神の前では、この取税人のような心こそが正しいとされます。

右の聖書箇所について牧師は、私たちも自分を正しいとして他人を見下げる性質をもっているという話をしました。人間は、そういう存在だということです。この話を聞いた啓造は、そのとおりだと思います。

帰宅して「六条教会に行ってきたよ」と言った啓造を、夏枝は冷たく笑います。それを見て、啓造は腹立たしく思います。


「どんなお話がありましたの」

夏枝は着替えを手伝いながらいった。

《愛不在で正義を求めるものには救いはない》

といった牧師の言葉を、啓造は思い浮かべた。自分たち夫婦が、どこかしっくりと行かないのは、常に相手を正しくないとして責めているからだ。相手を正しくないというのは、自分は正しいと思っていることなのだ。冷たい気持ちで正義を求めても救いはないのだと、啓造は、少し気持ちを和らげていった。

「自分を善いとか、正しいとか思っている人たちの家庭には、けんかが絶えない。自分が悪かった、まちがっていたと思っていて、けんかになることはない、というような話もあったよ」

「それはいいお話ですこと。あなた、もう、これからはわたくしを悪い女だという目では、ごらんにならないでしょうね」

夏枝は嘲笑するように啓造を見た。

（「奏楽」）

「自分たち夫婦が、どこかしっくりと行かないのは、常に相手を正しくないとして責めているからだ。相手を正しくないというのは、自分は正しいと思っていることなのだ。冷たい気持ちで正義を求めても救いはないのだ」と啓造は思います。そのとおりですね。自分を正しいとして人を見下したり責めたりすることは、神の前で正しいことではありませんし、人間関係を破壊します。自分自身を苦しめます。夏枝との関係がうまく行っていないことに問題を感じて教会の礼拝に出席した啓造は、夏枝との不和の原因を知ることができました。「自分は正しい」という思いです。私たちも、人間関係がうまく行っていないとき、「自分は正しい」と思っていないか、チェックしてみましょう。

教会から帰宅して夏枝に嫌みを言われた啓造は、「下手に夏枝の相手になっては、すぐにもとの生活にひきずり戻されるような気が」して、「わたしが自分の全財産を人に施しても、また、自分のからだを焼かれるために渡しても、もし愛がなければ、いっさいは無益である」という聖句（コリント人への第一の手紙一三章三節の言葉）をじっと思い返します。

「もし愛がなければ、いっさいは無益である」と聖書に書かれている、その「愛」とは、どういうものでしょうか。単なる「好き」という感情のことではありません。誰かに良いことをしてあげるというような行為そのものでもありません。全財産を施しても愛がなければ無益だということですからね。全財産を施すこと自体が「愛」なのではない。「もし愛がなければ、いっさいは無益である」という聖句の「愛」は、新約聖書の原語（ギリシヤ語）では「アガペー」という言葉です。「アガペー」というのは、報いを求めない愛、無償の愛のことです。

聖書に「神は愛（アガペー）である」と書かれています（ヨハネの第一の手紙四章八、一六節）。アガペーの愛は神の性質なんですね。人間がそういう愛で誰かを愛することは難しい。しかし、不可能ではありません。神からアガペーの愛を受けることができます。まずは、イエス・キリストの十字架に示された神の愛を体験することが大事です。自分がどれほど大きな愛で神に愛されているのかを知るということです。そして、アガペーの愛で神と人を愛せるようにと、神に祈り求めていく。そうすると、次第に、愛ある人に変えられていきます。啓造にとって何よりも必要なのは、イエス・キリストの十字架が自分（啓造）の罪のためであるということを知って、その事実をしっかりと受けとめ、神の愛を体験することです。

枯山水の庭

「京の水」の章で、啓造は高木と一緒に京都を観光します。「辻口はどこが一番よかった？」という高木の言葉に、啓造は「それぞれによかったがね。ただどうも人が多かったせいか、人けのない孤篷庵《こほうあん》が印象的だったね」と答えます。啓造と高木は、大学時代の友人のつてで、非公開の孤篷庵に入ることができました。そして、孤篷庵の庭は啓造に大切なことを教えました。

禅の思想を反映し、内面をきびしく凝視した一つの宇宙が、枯れ山水の庭だと聞いたが、啓造には禅が何であるか、わからなかった。ただ、木一本、石一つでも、それがあるべくしてあるのであり、これは欠けてもよいというものが、一つもないということはわかった。そしてそれらが、お互いに影響し合い、役立ち、調和している。つまり、木一本、石一つ、すべてに存在の意義があり、使命があることだけは、啓造なりにわかったような気がした。

啓造は、自分をとりまく一人一人を思い浮かべた。夏枝、徹、陽子、高木、村井、辰子、由香子、順子、佐石、三井恵子、北原……。その中には、佐石や村井など、啓造の人生にとって現れてほしくなかった人間もある。彼らがいなければ、陽子も順子も恵子も、自分の前に現れることはなかったろう。だが、もはや啓造には、陽子のいない生活を考えることはできなかった。

(要するに、これらの人間が、すべて活かし合うといいのだ)

そんなことを思って眺めた孤篷庵の庭を、啓造は思い出していた。


(「京の水」)

枯山水の庭の木や石が「あるべくしてあるのであり、これは欠けてもよいというものが、一つもない」のと同様に、人間も一人一人に存在意義があり、なすべき使命があります。そして、枯山水の庭の木や石が「お互いに影響し合い、役立ち、調和している」ように、人間も、良い影響を与え合い、互いに役立ち、調和の中で生きるのが理想的です。啓造も「これらの人間が、すべて活かし合うといいのだ」と思っています。しかし、現実には、そのようになっていない。『氷点』『続 氷点』でも、夏枝は村井と一緒にいたいがためにルリ子を部屋から追い出し、佐石はルリ子を殺し、啓造は夏枝への復讐の道具として陽子を引きとり、夏枝は陽子をいじめ、陽子は実母（三井恵子）を憎みます。

なぜ、人間は、互いに活かし合えないのでしょうか。根本的な原因は罪にあります。人間は、生まれながらに、自己中心的な性質をもっている。そして、神の方を向かない生き方をしている。罪という言葉は、新約聖書の原語（ギリシヤ語）で「ハマルティア」と言います。「ハマルティア」という言葉には「的外れ」という意味があります。「的」は神です。罪というのは、心が神の方に向いておらず、神が人間に求めている生き方から外れていることです。そういう「的外れ」の思い・生き方から、嫉妬・憎しみ・殺人など様々な悪い思いや行為が生まれるのです。人間が活かし合えないのは罪（ハマルティア）のゆえだということです。このことを知り、神の方を向いて生きることが大切です。

人間は罪深い存在ですから、自己中心的になりがちです。しかし、的から外れてしまっていたら軌道修正をすればいい。再び神の方に心を向けるのです。また、人間は過ちの多い存在ですから互いに赦し合うことが大切です。責め合ったり憎み合ったりしてはいけません。

第七回 「追跡」「燃える流氷」

確たる生き方と真の幸福

十二月下旬、陽子は北海道大学のクラーク会館で北原と会いました。北原は陽子に問います。「陽子さんにとって、一体ぼくは何なのです?」と。陽子は、「お友だちよ」と答えます。この答えを聞いた北原は、さらに問う。「じゃ辻口(竹林注・徹のこと)はあなたにとって何ですか。やはり友だちですか」。この問いに対して、陽子は「自分の気持ちが徹に傾いている事実」を伝えます。北原は、落胆しながらも、「ぼくよりも辻口のほうが、あなたを幸せにしてあげられる人間です。あなたさえ幸せになればいいんだ。ぼくはつらいけど、やっぱり祝福しますよ」「これですっぱり、あなたをあきらめはしないでしょうがね。とにかく、陽子さん、幸せになってくださいと言います。これを聞いた陽子は次のように思います。この箇所が「追跡」の章で最も重要なところです。

確たる生き方をつかまなければ、本当の意味の幸せにはなれないと陽子は思った。生きる方向は、既に順子によって示されてはいる。しかしまだ、陽子の生活は根本的に変わってはいない。自分の精神生活が根本的に変化した時に、恵子への憎しみも解決するはずなのだ。自分を変革しない限り、誰と結婚しようと、真の幸福はあり得ないのではないかと、陽子は北原を見た。

（「追跡」）

「生きる方向は、既に順子によって示されてはいる」とありますね。それでは、順子が陽子に示した「生きる方向」（「確たる生き方」の方向）とは、どういうものでしょうか。どういう方向で生きれば「確たる生き方」になると陽子は考えているのか。順子が示した「生きる方向」とは、神の方を向いて生きるということです。そういう生き方が「確たる生き方」なんですね。クリスチャンの順子は、〈神と人に自分の罪・過ちを赦してもらい、他者のことを赦す〉という生き方を陽子に示しました。

しかし、「まだ、陽子の生活は根本的に変わってはいない」と書かれています。「根本的に変わってはいない」というのは、神の方を向いて生きる生き方になっていないということとです。だから、恵子を憎み続けているわけです。この憎しみは、「自分の精神生活が根本的に変化した時」、つまり陽子が神の方を向いて生きるようになったときに解決するはずだ、ということです。

それでは、なぜ、神の方を向いて生きるようになると恵子への憎しみが解決するのでしょうか。神の方を向いて生きるようになるということは、自分の罪をしっかりと認識し、その罪がイエス・キリストの十字架のゆえに赦されていることを受け入れるということです。自分の罪が赦されていることが心の底から分かると、他者の罪・過ちを赦すことができるようになります。罪ある自分が神に赦されているのに、どうして他者を責めることができるでしょうか。ほかの人の罪を責めるのは、自分の罪深さと神の赦しが分かっていないからです。罪深い自分を赦してくださった神の愛を体験すると、他者を赦し、愛することができるようになります。なぜ、陽子が神の方を向いて生きるようになると恵子への憎しみが解決するのか、お分かりいただけたでしょうか。

「自分を変革しない限り、誰と結婚しようと、真の幸福はあり得ないのではないか」と陽子は考えています。三浦綾子さんは、このように陽子に考えさせることをとおして、〈神の方を向いて生きるときにこそ、真の幸福を得ることができる〉というメッセージを伝えようとしているのです。

網走に来た陽子

三月末、陽子は網走に来ました。なぜ、網走にやって来たのか。

前の年の十二月下旬、三井達哉（恵子の次男）は、陽子が恵子の産んだ子であることを見抜き、そのことを確認するために、陽子を自分の運転する車で小樽に連れて行こうとしました（先ほど見た、陽子と北原の会話の直後のことです）。むりやりにでも恵子に引き合わせようというわけです。陽子を連れ戻すべくあとを追った北原は、達哉の車に右足をひかれて、足を一本失いました。膝窩《しっか》動脈が切れ、縫合《ほうごう》手術を受けたのですが、その手術が成功せず、膝上からの切断を余儀なくされたのです。徹に気持ちが傾いていた陽子は、この事故がきっかけとなって、北原と結婚しようと思います。しかし、北原は陽子に「辻口のところにお帰りなさい」「網走の流氷でも一人で見に行っていらっしゃい。自然の厳しさと対決したら、感傷なんか吹き飛びますよ」と言いました。陽子は、「自分の気持ちが、単なる一時の感傷かどうか、ゆっくり考えてみたい」と思い、網走にやって来たのです。

網走に来た陽子は「愛は意志だ」という啓造の言葉を思います。そして、「確たる意志」

として の愛は「真に罪をゆるし得る、唯一の権威あるものの存在（竹林注・神）によって、与えられる」ことを直観する。陽子は、そういう意志的な愛で北原を愛していきたいと考えます。

三井弥吉の手紙

網走で陽子は三井弥吉（恵子の夫）のことを思います。北原の事故から十日ほど経って、弥吉から啓造・夏枝宛てに手紙が送られてきました。この手紙が陽子に大切なことを教えます。どういう内容の手紙か、見てみましょう。

弥吉は、手紙の冒頭で、達哉の起こした事故が辻口家に迷惑をかけたことを詫びたあと、自分の暗い過去を記します。弥吉は、戦時中、中国で「いかに上官の命令とはいえ、妊婦の腹をかき裂くという、残虐な罪を犯した」のです。

戦争から帰ってきて商売を始めた弥吉は、出張の途中、汽車で会った知り合いの女性と話をしたことで、恵子が不義の子を産んだことを知りました。しかし、妻を責めることなく、知らぬふりをして過ごしてきました。

弥吉の手紙を読んだ陽子は次のように思います。

既に二十年前に、三井弥吉は妻の裏切りを知っていたのだ。知りながら許していたのだ。なぜ許し得たのか。それは、妻を責める資格が自分にはないという、罪の自覚によるものではないか。

（「燃える流氷」）

自分の罪を自覚することによって、他者の罪を赦すことができる。このことは、陽子が自分の罪を自覚して恵子を赦す話につながっていきます。

罪なき者が石を投げよ

陽子は、網走に行くべく旭川を発つとき、啓造から聖書を渡されました。その聖書に挟まれていた細い紙片には、「陽子、ヨハネによる福音書八章一節から一一節までを、ぜひ読んでおくこと。父」と書いてありました。網走で陽子はその箇所を読みました。次のような話です。

姦通の現場で捕らえられた女性を、宗教指導者たちがイエス・キリストの前に連れてきた。そして、次のように問います。「先生、この女は姦淫の場でつかまえられました。モーセは律法の中で、こういう女を石で打ち殺せと命じましたが、あなたはどう思いますか」(ヨハネによる福音書八章四〜五節)。宗教指導者たちは、イエス・キリストを陥れようとして、このように問うたのです。もし、イエス・キリストが「律法に書かれているとおり、この女を石で打ち殺しなさい」と言えば、ふだん自分が説いている愛の教えに反しますし、当時のイスラエルを支配していたローマ帝国の法律にも抵触します。また、もし「この女を赦してやりなさい」と言えば、神がモーセをとおして与えた律法(神の掟)に反することになります。どちらの答えもしにくい。

それでは、イエス・キリストの答えは、どうだったか。イエス・キリストは、「あなたがたの中で罪のない者が、まずこの女に石を投げつけるがよい」(ヨハネによる福音書八章七節)と言いました。すると、宗教指導者たちは、その場を去っていきました。彼らも、自分が罪ある存在であることを認めざるを得なかったんですね。だから、石を投げつけることができなかった。

「あなたがたの中で罪のない者が、まずこの女に石を投げつけるがよい」という聖書箇所に、啓造は太い朱線を引いておきました。この聖句が陽子には「痛かった」と書かれています。自分も完全無欠な人間であるわけではないのに、恵子を憎み続け、責め続けているからです。

北原が事故で入院した翌日、その病院で陽子は恵子に会いました。北原を見舞いに来た恵子と病室で顔を合わせたんですね。恵子の目は「陽子に笑いかけ、そしてあわれみを乞うように、深い悲しみの色を見せた」のですが、陽子は一礼して部屋を出ました。しばらくして病室に戻ろうとした陽子は、廊下の長椅子に座っていた恵子と再び対面します。このときも、陽子は、無表情に一礼して恵子の前を通り過ぎようとする。しかし、恵子に呼び止められます。恵子は、陽子に少し言葉をかけたあと、目に涙を浮かべて「陽子さん、ゆるして……」と言いますが、陽子は黙ってそこを離れます。恵子は、病院を出、うつむいて雪道を歩いて行きました。

そのときのことを回想しながら、陽子は「あなたがたの中で罪のない者が、まずこの女に石を投げつけるがよい」という聖句を思います。

「陽子さん、ゆるして……」

その一言には万感の思いがこめられていたはずである。しかし陽子は、素っ気なくその場を立ち去ったのだ。それは、石を投げ打つよりも冷酷な仕打ちではなかったか。

そのような非情さが、一瞬に生ずるわけはない。自分の心の底には、いつからかそれはひそんでいたのだ。

陽子は、小学校一年生の時、夏枝に首をしめられたことがあった。中学の卒業式には、用意した答辞を白紙にすりかえられた。そのことを、陽子は決して人には告げなかった。ただひたすら、石にかじりついてもひねくれまい、母のような女になるまいと思って、生きてきた。が、それは常に、自分を母より正しいとすることであった。相手より自分が正しいとする時、果たして人間はあたたかな思いやりを持てるものだろうか。自分を正しいと思うことによって、いつしか人を見下げる冷たさが、心の中に育ってきたのではないか。

（原罪！）

陽子は、ふと啓造から聞いた言葉を思い出した。ようやく、自分の心の底にひそむ醜さが、きびしい大氷原を前にして、はじめてわかったような気がした。

（「燃える流氷」）

陽子は、ようやく、「自分の心の底にひそむ醜さ」に目が向きました。『氷点』正編で自殺を図ったときの陽子は、「罪の可能性」に気づいたのみで、自分の罪を具体的に認識していたのではありませんでした。『続 氷点』最終章の、この場面に至って、陽子は自分の罪（自分を正しいとし、人を見下げる思いをもっていること）を具体的に知ります。

燃える流氷と、陽子の新生

「この灰色一色の氷原が、人生の真の姿かも知れない」と思って陽子が椅子から立ち上がろうとしたとき、不思議なことが起こります。


　再び、すうっとサモンピンクの光が、流氷の原を一筋淡く染めた。次の瞬間だった。突如、ぼとりと血を滴らせたような真紅に流氷の一点が滲《にじ》んだ。あるいは、氷原の底から、真紅の血が滲み出たといってよかった。それは、あまりにも思いがけない情景だった。

　誰が、流氷が真紅に染まると想像し得たであろう。陽子は息をつめて、この不思議な事実を凝視した。

　やがて、その紅の色は、ぼとり、ぼとりと、サモンピンクに染められた氷原の上に、右から左へと同じ間隔をおいてふえて行く。と、その血にも似た紅が、火炎のようにめらめらと燃えはじめた。

（「燃える流氷」）

陽子は、燃える流氷を見ました（この光景は、『続 氷点』執筆のための取材旅行で三浦夫妻が実際に見たものです。当日は光世さんのお誕生日でした）。「そのゆらぐ炎をみつめる自分の心に、ふしぎな光が一筋、さしこむのを陽子は感じた」と書かれています。

聖書において「光」は神からの啓示を意味することがあります。「啓示」とは、人間の知性・理性では分からないようなことを神が教え示すということです。陽子の心に差し込んだ「ふしぎな光」も神からの啓示を表していると考えられます。その啓示の内容は、神が実在することと、イエス・キリストの十字架のゆえに罪が赦されているということです。神の実在やイエス・キリストの十字架による罪の赦しというようなことは、神からの啓示によってこそ信じることができる。聖書にも、そう書かれています。陽子も、神からの啓示によって、それらのことを信じるに至ります。

先ほどまで容易に信じ得なかった神の実在が、突如として、何の抵抗もなく信じられた。このされざれとした流氷の原が、血の滴りのように染まり、野火のように燃えるのを見た時、陽子の内部にも、突如、燃える流氷に呼応するような変化が起こったのだ。

この無限の天地の実在を、偶然に帰することは、陽子には到底できなかった。人間を超えた大いなる者の意志を感ぜずにはいられなかった。

(何と人間は小さな存在であろう)

あざやかな炎の色を見つめながら、陽子は、いまこそ人間の罪を真にゆるし得る神のあることを思った。神の子の聖なる生命でしか、罪はあがない得ないものであると、順子から聞いていたことが、いまは素直に信じられた。この非情な自分をゆるし、だまって受け入れてくれる方がいる。なぜ、そのことがいままで信じられなかったのか、陽子はふしぎだった。

炎の色が、次第にあせて行った。陽子は静かに頭を垂れた。どのように祈るべきか、言葉を知らなかった。陽子はただ、一切をゆるしてほしいと思いつづけていた。

(「燃える流氷」)

神は自然界をとおしてご自身を現しておられる（自然は第二の聖書である）と言われます。陽子も、オホーツク海の流氷原に起きた不思議な自然現象に接して、神の実在と、イエス・キリストの十字架による罪の赦しを「何の抵抗もなく」「素直に」信じることができました。

陽子は、北原に、徹に、啓造に、夏枝に、そして順子に、いま見た燃える流氷の、おどろくべき光景を告げたかった。自分の前に、思ってもみなかった、全く新しい世界が展《ひら》かれたことを告げたかった。そして、自分がこの世で最も罪深いと心から感じた時、ふしぎな安らかさを与えられることの、ふしぎさも告げたかった。

（「燃える流氷」）

「思ってもみなかった、全く新しい世界」というのは、神を信じる世界、神を信じる生き方のことです。聖書にも次のように書かれています。

だれでもキリストにあるならば、その人は新しく造られた者である。古いものは過ぎ去った、見よ、すべてが新しくなったのである。

（コリント人への第二の手紙五章一七節）

陽子は、「いま見た燃える流氷の、おどろくべき光景」のみならず、自分の生きる世界（自分の生き方）が変わったことを身近な人たちに知らせたかったんですね。また、「自分がこの世で最も罪深いと心から感じた時、ふしぎな安らかさを与えられることの、ふしぎさも告げたかった」とあります。自分の罪深さがしみじみと分かるからこそ、全ての罪を赦してくださった神の愛が心をおおい、イエス・キリストの十字架によって罪が赦されたことへの感謝が満ち溢れ、「ふしぎな安らかさを与えられる」のです。

陽子は、茅ヶ崎のおじいさん（夏枝の父親であり、啓造の大学時代の恩師）から聞いたジェラール・シャンドリの言葉を胸の中でつぶやきます。「一生を終えてのちに残るのは、われわれが集めたものではなくて、われわれが与えたものである」という言葉ですね。「この言葉にこそ、真の人間の生き方が示されているような気がする」と書かれています。お金や名誉などを集めて自分を肥やそうとする生き方ではなく、自分が与えられているものを人に与えていく生き方。これこそ、神の愛を体験した人の生き方です。

陽子は、自分のために右足を与えてくれた北原に切実に会いたいと思い、北原に電話をかけようとしますが、その前にするべきことが分かっていました。「おかあさん！　ごめんなさい」という思いで、三井恵子に電話をかけたんですね。呼び出し音に陽子が耳を傾ける場面で『続　氷点』は終わります。

『続　氷点』は、「赦し」をテーマとする小説です。陽子は、自分の罪（自分を正しいとし、人を見下げる思いをもっていること）をしっかりと認識し、神の実在と、イエス・キリストの十字架による罪の赦しを信じて、恵子に対する憎しみから解放されました。「一切をゆるしてほしい」と神に罪の赦しを求め、神による赦しを体験して「ふしぎな安らかさ」を与えられた陽子は、恵子の過ちを赦せるようになるとともに、「おかあさん！　ごめんなさい」と恵子に赦しを請うようになりました。陽子は、神への信仰によって生まれ変わり、新しい人生を歩み始めました。

おわりに

これまで十四回かけて『氷点』『続　氷点』をじっくり読んできました。いかがでしたか。三浦綾子さんのメッセージをしっかりと受けとめてくださったでしょうか。この十四回をとおして皆さんが得たものによって、皆さんお一人お一人と周りの方々の生活がより良いものになるように、お祈りしています。

あとがき

私が三浦綾子さんの作品に出会ったのは高校時代でした。高校の友人が、読書好きの私に、三浦さんの作品を読むよう勧めてくれたのです。早速、近所の図書館で借りて読んだのは、エッセイ集『ナナカマドの街から』だったと記憶しています。

〈自分は何のために生きているのか〉〈人間は、死んだら、どうなるのか〉というようなことを小さい頃から考えていた私は、三浦文学に大きな魅力をおぼえました。クリスマスやイースターの意味も知らなかった私が、キリスト教に関心をもち、教会に行ってみたいと思うようになったのは、三浦文学の影響です（大学時代、教会に通うようになり、洗礼を受けました）。現在は、三浦文学について論文を書いたり学会発表をしたりしながら、勤務先の大学の授業で学生たちとともに三浦さんの作品を読んでいます。

三浦さんの作家デビュー五十周年（『氷点』誕生五十周年）という大きな記念の年に本書を世に送れることを、とても嬉しく思います。出版にあたり御高配をたまわった三浦光世氏と山路多美枝秘書に厚く御礼申し上げます。

三浦文学は、人間が人間として進むべき方向を指し示してくれる羅針盤です。灯台の光のように、闇を照らし、心の港の所在を教えてくれる文学です。東日本大震災以降、三浦さんの全作品（絵本・画文集や共著を除く）の電子書籍化や文庫本の増刷・復刊など、三浦文学が再び注目を集めています。世の中が様々な面で危機に瀕し、昏迷を深めている今、三浦文学の果たす役割は極めて大きいと言えるでしょう。三浦文学の恩恵を受けている者として、私も、三浦さんのメッセージを一人でも多くの方々に伝え続けていきたいと思います。

最後になりますが、本書の出版をご快諾くださったフォレストブックスの皆様に心より感謝申し上げます。特に、編集の労をおとりくださったスタッフには大変お世話になりました。重ねて御礼申し上げます。

二〇一四年七月

竹林一志

著者紹介

竹林 一志（たけばやし・かずし）

1972年、茨城県生まれ（1歳半から東京で育つ）。
1991年、学習院大学文学部（日本語日本文学科）入学。
2001年、学習院大学大学院（日本語日本文学専攻）博士後期課程修了。
2005年、日本大学に専任講師として着任。
現在、日本大学教授・博士（日本語日本文学）。

＜著書＞
『現代日本語における主部の本質と諸相』くろしお出版、2004年、
『「を」「に」の謎を解く』笠間書院、2007年、
『日本語における文の原理』くろしお出版、2008年、
『日本古典文学の表現をどう解析するか』笠間書院、2009年、
『これだけは知っておきたい言葉づかい』笠間書院、2011年。

＜三浦文学関係の論文＞
「三浦綾子『氷点』における陽子の罪――「写真事件」を中心として」『キリスト教文学研究』29号、2012年、
「〈神を指し示す指〉としての三浦綾子文学」『キリスト教文学研究』30号、2013年、
「三浦綾子『続 氷点』の陽子――「赦し」と「再生」の問題をめぐって」『解釈』59巻7・8合併号、2013年。

聖書 新改訳 © 1970, 1978, 2003 新日本聖書刊行会

装丁・デザイン　吉田ようこ

聖書で読み解く『氷点』『続 氷点』

2014年 10月20日発行

著者　竹林一志

発行　いのちのことば社 フォレストブックス
〒164-0001　東京都中野区中野2—1—5
編集　Tel. 03-5341-6924／Fax. 03-5341-6932
営業　Tel. 03-5341-6920／Fax. 03-5341-6921
e-mail:support@wlpm.or.jp
http://www.wlpm.or.jp

印刷・製本 モリモト印刷株式会社

乱丁落丁はお取り替えします。

ISBN978-4-264-03219-9　C0095